风给你听

刘琼 著

中国电力出版社
CHINA ELECTRIC POWER PRESS

图书在版编目（CIP）数据

说给你听 / 刘琼著 . — 北京：中国电力出版社，2021.12（2023.9重印）
ISBN 978-7-5198-6282-4

Ⅰ.①说… Ⅱ.①刘… Ⅲ.①随笔—作品集—中国—当代 Ⅳ.① I267.1

中国版本图书馆 CIP 数据核字（2021）第 262793 号

出版发行：中国电力出版社
地　　址：北京市东城区北京站西街 19 号（邮政编码 100005）
网　　址：http://www.cepp.sgcc.com.cn
责任编辑：胡堂亮（010-63412604）
责任校对：黄　蓓　李　楠
装帧设计：北京永诚天地艺术设计有限公司
责任印制：钱兴根

印　　刷：三河市百盛印装有限公司
版　　次：2021 年 12 月第一版
印　　次：2023 年 9 月北京第六次印刷
开　　本：710 毫米 ×1000 毫米　16 开本
印　　张：14.25
字　　数：184 千字
定　　价：62.00 元

说点好听的

——我为什么出书

我很幸运，身为女子。冰心说过，世界上若没有女人，这世界上至少要失去十分之五的"真"、十分之六的"善"、十分之七的"美"。女子二字组成了一个"好"字。所以，身为女子真好。

我更幸运的是，能干自己喜欢的工作。或者说，组织为我选择了合适的工作。或许是我的经历告诉我，干一行就爱一行。因为爱，我总有使不完的劲。我的工作和经历也教会我，要说话，且要说点好听的。

刚参加工作那年，拿到几个月微薄的工资，除去各种日常开销，所剩无几。工作后的首个国庆长假即将来临，我给妈妈打电话说没钱给家人买礼物，不好意思回家。我妈跟我说，孩子，咱家不需要你来养家糊口。妈妈希望你在工作中继续学习和成长，好好干！听了妈妈的话，我瞬间就释然了。我妈说话一直很好听，让人充满希望和能量。我想把这样的故事说给更多人听。在我身边，虽然很多父母如我妈这样想，但往往不会或没有和孩子们清楚地表达自己的意愿。

为企业凝心聚力是我的工作职责之一。从事工会工作10年，我十分珍惜和重视讲课和演讲的机会，也感谢这些机会让我不断学习和反思。特别是从2018年下半年开始，作为公司女工工作的负责人，对女职工有更多的关注。这份工作让我看到太多太多优秀的女性，以及她们身上值得我学习、关注的女性特点。身为女人，也知道大家有太多的不容易。我们是女儿、是妻子、是母亲、是儿媳，还是企业职员和社会一员。一直以来，我想把自己在这些角色中的所见所思所想分享给大家。我以"三种人"和姐妹们共勉：做一个为人师表的家庭成员；做一个秀外慧中的企业职员；做一个慧眼禅心的社会成员。

"说点好听的"，这是我的经验，也是财富。曾经以"童言无忌"做挡箭牌，等容颜已容不得说"童言"，就说性格使然。通过学习，我才知道自己曾经的无知，只图自己嘴上一吐为快，无形中伤害他人或影响他人，这是对别人和自己的不负责。于是我渐渐学习说点好听的，从身边学起。我的公公和父亲都较早病故，我和婆婆、妈妈长期共处一屋。我的婆婆和妈妈日常相处十分融洽，她们之间的相处交流，让我感受到"良言一句三冬暖"的幸福在我家洋溢。

"说点好听的"，还是一种心态和能力。能去发现事物好的一面，能看到他人身上的优点，拣好听的说，能看到交流对象的需求，说出来好听。怎么说、怎么听是门大学问。言为心声，我愿以我的文字去探索，和大家分享。

我的恩师成松柳见我常会问一句"怎么样？"我心领神会地回答"我状态很好。"老师也就欣然点头"就是要状态好！"成老师的爱人杨老师是心理方面的专家，记得刚开始做企业心灵关爱工作的时候，我和杨老师有过交流。杨老师鼓励我，说我的才能和心态适合从事职工心理关爱工作。她说我说话有人听，说得好听别人才愿意听。

我本科专业是汉语言文学教育。我常常想着如何发挥专业特长为企业和社会做点什么。有一天碰见一位同事对我说："我女儿要考你同学的研究生。"我说："谁？耿蕊？"我心生自豪，还生出几分羡慕。我马上给也是二胎妈妈的耿教授打一电话。我和她说："我要向你学习，你带我出书。"她说："咱俩带孩子玩吧！"我说："我是认真的。"她说："那你就出呗，至少你说怎么带娃，有人看。"我自己琢磨了下，当母亲14年了，为孩子写的文字如果打印出来该是有厚厚的一摞了。和孩子一起成长，每天教学相长，我有记录的习惯，特别是老大进初中以后，我每个星期给她手写一篇寄语，发朋友圈。有朋友告诉我，每周必看。孩子在青春期，她听我们的吗？所以，我尽量说点好听的。怎么说的？总结起来，九个字——想得美，做得到，说得好。究竟说了些什么？我也和母亲们共同探讨。

2021 年，我们伟大光荣的中国共产党迎来百年华诞。作为一个已经有 20 多年党龄的女共产党员，我很想用我无法不溢出的幸福感受来告诉大家：在这样一个和平安宁的时代与国度，你可以选择，可以努力，可以书写自己更幸福的人生。

这是一些想说给女子听的话，因为有大家的关爱，我更想说点好听的给大家听。

是为序。

目 录

109　| 第三章 | 我在岗位上

| 第四章 | 努力去做那束光

第一章

鼻子底下就是路

记忆里，在我和姐姐还年少时，外婆身体就不好，常年卧病在床。母亲在繁忙的工作之余还要悉心照顾外婆，这种情况一直到外婆安然去世。我们没见过母亲作为女儿是如何被父母疼的，我们却是被父母疼大的。从小我的母亲就常对我和姐姐说，别人家里有钱财我不羡慕，别人家里有人才我就羡慕。我和姐姐在学校的奖状总是被贴到家里墙壁最显眼的位置，我们姐妹成绩好也成为我们巷弄里的佳话。我和姐姐在大家的夸奖和鼓励中成长，遇到困难也会去积极地寻求解决问题的方法。怎么解决？母亲常常会用实际行动告诉我们——鼻子底下就是路。

❧ 鼻子底下就是路 ❧

2021 年 5 月的一天，我陪母亲去一家医院。医院正在改造兴建新的建筑，我也是很久没去过这家大医院了，进到医院便开始问路。停车问、走路问、到哪个科室问诊也问。母亲不愿我扶她，跟在我身后跟着走。大概我很会挑人问，因为有人指路，看病很顺利。母亲后来感慨一句："还是你能干。上次我来这花了好长时间……"我回母亲说："不是您老人家在我小时候就告诉我'路在哪？鼻子下边就是路'吗？！问路给了别人帮助人的机会，授人玫瑰，手留余香。所以还是要谢谢您教育我。"母亲听后甚是欣慰。

路在脚下，路也在鼻子下边，当我们在寻路时不妨问一问身边人。虽然现在人们有了手机，有了导航，有了很多 App，出门很便利，但也常常会过度依赖电子设备，而忘了我们可以问路，忽视了我们原本可以融洽人际关系的日常交流。根据心理学研究发现，善于表达和愿意交流的人大都比不愿意交流的人幸福感强，也更易获得成功。在《活出心花怒放的人生》一书中，针对联合国大会发布的《2019 年全球幸福指数报告》里中国的幸福指数在全世界 200 多个国家和地区中仅排在第 93 位，提出"为什么我们觉得不幸福"的问题，并给出了社会公益水平得分偏低、社会信任度偏低和主观幸福感偏低的答案。我以为，以上这三个方面都与我们不爱表达、不善表达和不愿表达主观意愿有很大关系，我们往往忽略和忘记了自己鼻子下边有条路。

以我自身经历而言，我路过小区门口保安大叔的岗亭时，总会和他们寒暄两句。日子久了，他们见我也总是很热情地打招呼，还常常主动帮我开门或扶门，方便我家老人和小孩。还记得看过一些影视剧，在主人翁遇到困难时，就是常常在不经意和他人的交流中，得到了"路"。

孔老夫子曾说"不耻下问"。既然，路就在鼻子下边，不懂就要问，不知亦问。知之为知之，不知为不知，智者善知，所以好好利用咱们鼻子下边这条路。无论是帮人还是求人，说出来，路就会来！

❋ 绿色的祝福 ❋

　　那是我念大学的第一学年。当年她叫长沙电力学院，是个原本我以为很刻板、很"电力"，而事实却很灵动、很不止有"电"和"力"的校园。1995 年 9 月下旬，校园里法国梧桐的叶子逐渐泛黄，似乎有些隆重地给秋天镶上金色的花边，桂花的甜香伴着一阵阵或清脆或爽朗的笑声揭开那个热闹的迎新仪式。"你是 950101 的？！以前高中经常参加文艺活动吧？"迎接我的学长这么问我。后来他回忆，说我报到那天不像被接的新生，觉得我太活泼、太适应新环境了。

　　"好大一棵树，绿色的祝福，你的胸怀在蓝天，深情藏沃土……"我几乎是一入校就加入了学生会，成为系文艺部一名干事并着手策划迎新学生晚会。晚会是我和我们班一名来自东北的男生一起主持的，《好大一棵树》是晚会的压轴节目，我演唱，我们宿舍几位女生给我伴舞。我们的用心策划组织得到老师和同学们的一致好评，我也幸运地被当时还没有任我们课的系党总支书记谌东飚教授点名表扬。

　　那年的冬天应该不太冷，但因为我会大冬天去洗冷水脸和冷水澡增强抵抗力以对抗频发的鼻炎，老师和同学们还是特别关注到我，评价我"能吃苦"。让我"一夜成名"的是大一入校后不久的一场完全没有时间准备的全校非英语专业的英语竞赛。"全校第一名。你真为我们系长脸！"从系学习部长手上接过学校发的奖品时，我没有想到能取得这么好的名次，但自豪感和责任感莫名增强。借着这股势头，我大一就一次性通过大学英语四级考试（当时普遍通过率并不高）。因为我的积极努力，各种机会接踵而至，演讲、辩论，组织同学们学交谊舞、排练节目……我懵懵懂懂、忙忙碌碌地进入了大家的视线，我们寝室有位姐妹送我"革命干部"的绰号。

"优秀的学生应该有更崇高的追求……"那是1996年的春天，一个暖和的上午，柔柔暖暖的阳光给樟树的绿叶抹上一层嫩嫩的油光。在图书馆前的一树青翠欲滴的水杉的斑驳光影中，学生会主席于世春和我谈对中国共产党的认识。"优秀""更崇高的追求"至今似乎还在我耳畔响起。"我要递交入党申请书。"一个念头坚定地植入我的脑细胞。那一番谈话结束，我立马跑进图书馆去查找资料，认认真真、十分迅速又特别郑重地写下我的入党申请书，然后递交到学生支部。那天，我打电话给妈妈，告诉她我要入党了！我想加入中国共产党！电话那头的妈妈比我还激动。妈妈和我说了些外公被日本鬼子残害的事，又和我说了她对中国共产党的认识……言语中充满了满满的感恩。妈妈的话让我记起小时候的一些事，最让我印象深刻的是自己考试不理想时的"忏悔"。小学时，挨着校门的墙壁是一块大的黑板报区域，最上方是用鲜红油漆印的国旗和党旗，进出校门时，我习惯仰头去看。每当考试成绩不理想时，经过校门我就扶着校门的油漆柱子，仰望国旗和党旗，心里默默反省。从那时起，"为中华崛起而读书"的理念已经融入我的血液，热爱祖国、热爱党是我与生俱来、根深蒂固的自觉，不需要理由。

"我志愿加入中国共产党，拥护党的纲领，遵守党的章程，履行党员义务……"我特别幸运，或许是那个在湖南甚至全国都特别有名气的图书馆给我的运气吧，递交申请书后不久就接到参加入党积极分子培训班的通知。讨论我入党的党员大会是在中文系的一个大的教研室里开的，当时学生党员里，我只认得师兄于世春，其他都是老师。

系党总支书记、系主任谌东飙老师主持的会议，秦黎明老师和于世春是我的入党介绍人。会后，慈祥的谌东飙老师亲切地和我谈话，让我加强学习，更严格地要求自己；秦老师一字一句地告诉我要如何填写入党申请表；师兄于世春对我的鼓励至今言犹在耳。我还记得，自己工工整整地誊写了好几遍入党申请书才最终填写申请表格……那次党员大会后，我走在葱绿的校园里，吟诵着当年"文明、博学、求实、进取"的校训，阳光不止暖在我身上，它是照进了我心里的，我感觉自己浑身都不一样，除了高兴、自豪，也有不成熟的想炫耀的心情——我是我们同学中的第一个共产党员、我是家里的第一个共产党员。

"您是党员，您应该带头响应政策，就地过年！"2021年的春节前夕，我对急切去深圳和姐姐过年的母亲如是说。入党后的这些年，类似这种"亮身份"的"教育"是我家的常态，"共产党员就应该时时刻刻听党话、跟党走"是我们最朴素的认识，我们是这样想的，也是这样做的。2021年3月，我有幸以一名女工工作负责人的身份获得国家电网公司女职工的最高荣誉——国网巾帼建功标兵的称号。在我参加的多次劳模先进分享活动中，我都会自豪地说："1996年我入党了！25年党龄更加让长沙理工大学'底色亮，实践强，有情怀、敢担当'的文化烙印烙在我的骨子里。"

"我还是从前那个少年，初心从未改变，百年只不过是考验，美好生活目标不断实现。"我以当年之青春，向我们青春蓬勃的党献上最诚挚的祝福。

✦ 听妈妈讲那过去的事情 ✦

2011 年，年已花甲的妈妈仍保持着很好的嗓音，有好几次她在家接电话，都被对方在听筒那头说："我找你妈妈。"或者说："叫你们家大人来听电话。"妈妈为此，经常偷着乐。大概因为妈妈嗓子好吧，在我的印象里，妈妈一直喜爱唱歌。《听妈妈讲那过去的事情》是妈妈最喜欢唱的歌之一，也正因为如此，这首歌曲是我最早接触到的红歌之一。

"月亮在白莲花般的云朵里穿行……"，《听妈妈讲那过去的事情》发表于 1958 年《儿童音乐》创刊号。相比很多直接以下定义的方式取名的歌曲，这首歌无疑从歌名开始就引人入胜、娓娓动听。歌曲除了有流畅平滑的旋律与优美柔和的意境，还有故事式的叙事、生动地描述、对比的写法。因此，尽管我的妈妈 60 岁了，而且唱歌常常跑调和忘词，但《听妈妈讲那过去的事情》的歌词却依然记得十分完整，唱得也很动情。

我出生的年代早已没有地主和剥削，所以歌曲里"那过去的事情"对我而言有些遥远，忆苦思甜的感受并不明显。相比"听"，倒更容易"想"到妈妈和一些往事。从我记事起，妈妈就是闲不住的人，从一名售货员到会计再到一个小企业的负责人，工作近四十年的母亲历经艰辛却一直乐观。妈妈从小没了父亲，外婆在我进初中那年去世。我大学时，妈妈唯一的亲妹妹也病故了。我的父亲是独子，我的爷爷奶奶均在我和姐姐未成年时就相继去世了。父亲年轻时又因工伤早早内退，可能因为是独子的原因，爸爸几乎不会做家务，现如今父亲又得了重病……我的妈妈就是这样有意无意成了"里里外外一把手"。因为条件受限而未能念大学的母亲把我和姐姐送进大学是她最自豪的事，小时候妈妈最常说的话是"人家有钱我不羡慕，人家有才我就羡慕"。小学时，每次开家长会，我的妈妈都是最受欢迎的人。她总是踊跃发言，内容是要奖励前三名，学校奖多少，她私人拿钱再奖一次。我和姐姐念同一所小学，前后相差三个年级，所以妈妈这样至少坚持了九年，我大概是害怕钱都被别人赚了去，所以小学每次考试都进了前三名。据我所知，妈妈还常常资助她所知道的贫困家庭，特别是家里穷不能让孩子上学的家庭，她会主动去找孩子的父母，常常是倾囊相助。如果还不够，隔段时间她攒够了钱就继续去资助别人。正因为这样，我和姐姐虽然从没被妈妈"刻薄"过，但在我们念书时，家里几乎没有存款，我们也从来没有什么零食吃。相比对我们，妈妈对自己却很"刻薄"。据姐姐说，妈妈还曾经卖血换钱资助姐姐班上最困难的孩子念完小学。妈妈一直很勤奋，我很小的时候，妈妈就考了会计证，她白天上班，晚上常常接活在家做。因为能干，妈妈到了退休年龄也还有好几个私企老板来聘请妈妈。后来，我和姐姐相继参加工作，收入都还不错，我们不再愿意妈妈多干活，但她经常说，"人家看得起我……""我答应了人家……"如果我们坚持，她会偷偷地去帮别人的忙而不收工资。我们家境相对宽裕后，妈妈接济的人和机会就更多了。1998年抗洪时，妈妈边看电视边流眼泪。当时，姐姐开了一个服装店，我暑假期间在民政局社会实践负责登记救灾物资。有一天民政局接到整整三大包崭新的衣服，我越清点越觉得那些衣服面熟，便问接收的阿姨怎么登记，她说："写你和你姐姐的名字，送来的人就是这么说的。是你妈妈吧，真是热心人！"而我姐姐因为这被捐掉的三袋新货被迫关门歇业，哭笑不得。2001年7月

13 日，妈妈看电视又流泪了，她认真地对我说："替我打电话，我捐100 元。"我回道："100 元能做什么？"妈妈执拗地说："我表示我的心意!"。我不记得这次捐款是否成功，但激情满怀的妈妈很少放弃这样的机会。每当遇到抗震救灾、抗冰救灾，妈妈都是在第一时间去捐款。我善良的妈妈还有许多"那些过去的事情"，有时很可爱，比如五十好几的她出于习惯在公共汽车上给人家让座，结果有一次一个乘客十分气愤地对她说："嫉驰，我未必看起来比你老人家老？!"

妈妈那些过去的事情让我难以忘怀，妈妈还有一个心愿——入党。我总在想要如何帮他实现？妈妈退休前，所在小单位的基层党组织不健全，所以她一直没有机会加入中国共产党，妈妈是打心眼里崇敬共产党和共产党人的。2011 年，是中国共产党成立 90 周年，妈妈已经 60 岁了，我希望能做我妈妈的入党介绍人。

❋ 我的妈妈入党了 ❋

有时候现实与梦想的距离就是你努力走的路和纯粹的用心。

我的妈妈生于 1951 年，我记不清妈妈是何时表达过她希望加入中国共产党的愿望，但我一直记得妈妈有这个心愿。最近，我才知道，妈妈年轻时，曾经三次递交入党申请书，也曾经三次参加过入党积极分子培训班，但因为种种原因，妈妈一直没能加入中国共产党。2011 年年初，我因为一篇约稿，写到妈妈想入党这个心愿。自从落笔写下，就仿佛是自己的一个承诺——作为女儿的承诺，我要促使妈妈早日入党。

2011 年 5 月 8 日，星期日，是母亲节。我坐在湖南大学法学院的教室里，利用课间十分钟不到的时间，提笔迅速地写下一封信。我的发信对象是衡阳市委，信件简单介绍了我的母亲，并提及希望能促使我母亲加入中国共产党的心愿成为现实。为使笔迹尽量工整，我反复撕去几张才写了一个"敬"字的纸，但最后终于以破釜沉舟般的勇气一气呵成了我的信。中午下课，我飞快地把信寄出去，不是怕耽误什么，而是怕自己因为怯懦而后悔，毕竟这是一封表达一个女儿私心的信，而我的发信对象却是为大家服务的市委书记，我担心自己的自私不被接受。因此，虽然我信中写了"期盼回音"，并留了联系方式，但事实上我没想真能等到回音。我只是希望自己能勇敢地在母亲节这天为母亲做一件有意义的事，我做了。随后的若干天，考虑再三，我没和包括母亲在内的亲人提到过写信这件事。

5月下旬的一天，我正在准备在职法硕这学期的期末考试。习惯了一天接N个电话的我，号码都没看，就接听到一个电话，对方称是衡阳市委组织部。我惊喜地明白——这是我那封信的回音。衡阳市委组织部的一名姓徐的科长告诉我，他正在落实市委书记亲笔批示，需要我把我母亲的详细情况告诉他……这天我从学校回家回得特别早，开着车的一路都恨不能停下来拨打N个电话，告诉我所有的亲朋好友，市委书记就我母亲申请入党的事作了亲笔批示。而事实上，我只是为了收集妈妈的信息才把这件事告诉了妈妈，接到电话的妈妈一边感动到抽泣，一边对我说："怎么能把这么一个小事去麻烦市委书记？"和妈妈通过话，我随即打听到衡阳市委书记秘书的电话，当晚通过短信表达了感谢。对方回信"谢谢！请转达对您母亲的良好问候和钦佩之情。"

6月初的一天，我积蓄了一段时间的勇气专程驱车到衡阳，准备当面答谢书记的关心和落实母亲申请入党的具体问题。因为没有事先约好，我并没能见到在外出差的市委书记。当天，衡阳市委组织部恰巧在开大会，之前通过话的徐科长在开会间隙抽空热情地接待了我，我当面把从接到回音开始所了解到的母亲的情况——汇报。徐科长马上找到我妈妈退休前单位所在地区的组织部部长，即刻开始情况调查和核实。等到中午他们散会，张书记在批示上提到的一位龙部长邀请我一起参加会议的工作餐，午餐后就在餐厅召集了会议研究我妈妈申请入党的情况。我再次表达了一个女儿的心愿，希望妈妈入党成为她六十岁生日最难忘的记忆。这时我才知道，就在当天上午，衡阳市石鼓区组织部已经就我母亲的情况进行过详细调查。我也才知道，调查我母亲情况的难度，特别是妈妈退休前的十年间的情况。母亲原来工作过的小企业的厂址经历过重建，后又破产被收购，而且原来的小企业总共只有三名党员，其中一名已去世，另一名早已失去联系，还有一名也早就退休。妈妈所交的申请书、参加培训的资料都已无法找到。当时妈妈正在深圳姐姐家,一边照顾我几乎瘫痪的爸爸,一边照顾我外甥女……听说着那些调查的细节和情景,我脑子里像放《寻情》节目。大家的关心和付出,让我有说不出的感动。令人欣慰的是,不管资料在不在,所能找到的认识我妈妈的同志,都非常认可我妈妈的善良、诚挚和辛勤。那名和我母亲共过事的老党员也当即表示愿意做我母亲的入党介绍人。

"你怎么到处去麻烦人家,真是不懂事!你的心意妈妈知道了就好了……"就在我热心张罗着妈妈入党的事情的同时,妈妈却有些"冷淡"甚至无奈地筹备着她的相关材料。加之,父亲因为身体的原因似乎一天都离不开妈妈,在深圳姐姐家养病的他对于妈妈要回家乡处理入党的事"觉得不太现实"。而当时,我姐姐又正好要出差几日,姐夫也长期在外地工作。怕给姐姐添乱和怕麻烦别人的妈妈还愁着爸爸和我的小外甥女没人照顾……我的妈妈从来就是这样,似乎这世间所有的事都是她的责任,她最怕的事就是麻烦别人,她最擅长的事就是不怕被别人麻烦。

当我既觉得委屈又觉得也许真的"添了乱"的时候,我通情达理的婆婆通过电话帮我做起我妈妈的工作,并提出一些解决问题的建议供我妈妈参考。姐姐和姐夫也深明大义,一起做我爸爸的工作,姐夫还特地从外地赶回深圳,帮忙照顾老爸,所有的问题仿佛都迎刃而解。衡阳市委组织部及下属区委直到街道的党组织都在积极地帮我妈妈完成心愿。组织正式研究讨论的时间初步定在了 6 月 15 日,在此之前还需要我妈妈回到衡阳完善材料和学习培训。6 月 11 日傍晚,妈妈从深圳启程了,结果因为堵车居然没赶上班车。我安慰妈妈说"好事多磨"。于是,改签到 12 日晚上的车。第二天,妈妈下午三点就赶到车站,我笑,这就是她老人家对待教训的态度,吃一堑可不止长一智。6 月 13 日清晨,我见到了我妈妈,我把前期所做的工作向她老人家详细"汇报"。那天当晚，妈妈提笔再次郑重地写下近期的思想汇报和又一份入党申请书。眼睛本来不好的妈妈，加上许久没有写过这么多字，她还担心写不好字。她像小学生一样在纸上拿尺子画了格子，又让我写了一份草稿，再参考我的笔迹一个字一个字地誊正，就这样足足折腾到晚上1点。妈妈说，这一切像在做梦。

2011年6月19日，衡阳市石鼓区民政局机关党支部召开党员大会。我请示了该支部书记并得到支部全体党员的同意列席了会议，亲眼见证了母亲宣读入党申请书的一幕，也再次亲身感受到母亲对加入中国共产党的炙热向往。开会之前，妈妈像个孩子一般不断请教我这个老党员"我这么念是对的吗？""我的表填对了吗？""我应该站着还是坐着宣读我的入党申请书？"……事后，该支部委员何湘涛告诉我，"根据组织研究和大会表决，同意你妈妈光荣地加入中国共产党"。

❧ 父亲的肩膀 ❧

不知不觉，2021 年的父亲节来临。每年这个时候，我自然会想起父亲，父亲走了快 6 年了。但父亲的音容笑貌始终在我心中泛起幸福的涟漪：父亲高声唱歌、父亲配合我们要笑不笑地批评妈妈、父亲给我抚背挠痒……

我父亲是个一辈子梦想当官的人，许多年前他一直将一句话挂在嘴上：要不是我个子矮了，我早就……其实，我想父亲想当官，不过是希望我们觉得他伟岸。是不是人老了个子会缩？小时候，父亲让我坐在他"高高"的肩膀上去公园玩，这是我对父亲最恒久的记忆。

父亲是独子，而我是次女，却依旧是个女孩，我不知道爷爷奶奶是否有重男轻女的思想。我没有见过亲爷爷，亲奶奶在很远的老家也很少见到，后来过世也比较早。和老家的小孩比，我和姐姐有出生在城市的优越感。可能更多的是因为我父亲在老家的地位高吧，所以虽然是女孩子，却一直"高高在上"，最重要的是父亲很宠爱我。很久以来，因为形象（个子矮）的缘故，父亲都不大出现在我和姐姐的学校以及工作场所。也许是与外界交往少，他变得越来越闭塞，心胸也没有再发展得开阔。之后，随着我们读书、工作的迁徙，和父亲聚少离多。后来父亲退休，过着隐居般的生活。再后来，他就似乎突然病得很重很重。那一年，在姐姐工作的城市，那个大嗓门的父亲，那个最爱唱《大海航行靠舵手》的父亲在病危之际依旧大嗓门和我说"谢谢你来看我"。我满以为他会康复，可未能料到，就在我赶去看他后的两日，他永远地走了……此时，许多记忆涌上心头，想想，父亲从不曾对我们心胸狭窄，父亲的肩膀能够支撑我的快乐。

我父亲对我也许只有宠爱。记得小时侯在外婆家不爱吃饭，我父亲居然对我说吃一口给一毛钱，父亲当时应该是说话兑现了的。在我们大家的印象里，父亲总舍不得花钱。我自然可以想象他当时如何担心我会饿肚子。从小到大，父亲没打过我，甚至没对我发过一次脾气，没对我说过一句狠话……

父亲没等我长大已经变老，甚至可以说没等他"成功"就已经变老。所谓老小老小，父亲退休在家的日子，时常成为我的教育对象，"要舍得吃、舍得用！""不要和妈妈吵！要懂道理！"而父亲在电话那头依旧不改对我的宠爱。我生老大时，我能感觉到父亲深爱的无痕：预产期快到时，很少主动打电话的父亲一直缠着母亲给我打电话，然后电话中总是强调要我买发散的中药吃，说我姐姐就是因为没吃，所以最后只能开刀，很吃亏（意思是受了不少苦）。结果也许就是我没有听父亲话的缘故，痛了一夜最后无奈只好剖腹。我不知道确切原因，生产以后很长一段时间父亲没来看我，后来才知道父亲病了，但他打电话来丝毫没有去求证我之前是否听了他的话，而是嘱咐我要保重身体，"你开了刀更要注意，有好身体才有好心情，祝你们幸福美满……"现在我有了小宝，看到小宝，我常常记得父亲跟我说，不要生二胎，太辛苦啦！和一般老人盼有个孙子不同，他只要自己女儿不要太辛苦。

据父亲说他是在少年时被他一个姨妈打到脑垂体，所以后来再没长高。我不知道这个姨奶奶是谁，我曾经也许恨她，认为就是她断送了我父亲的梦想。但我想对我父亲说的是，即便如此，我依旧记得父亲的肩膀撑起过我的快乐童年，还有我现在对父爱的尊重。

以前大宝、现在小宝常常要爬上她们父亲的肩膀"骑高马"，我很能理解她们的幸福——爱并珍爱着。

❋ 写给婆婆的家书 ❋

亲爱的妈妈：

您好！为了号召公司女职工及家属开展写家书活动，我带头"完成任务"。虽然我们几乎每天都见面，但新年这第一封信还是应该写给您，让您在朋友们面前有"炫耀"的本钱。听说老人们聚会，子女是谈论最多的话题。一直以来，别人都说儿子、女儿多么地好，就您攒劲儿夸媳妇。今天就让我来夸夸您。

19 年前，在我们的单身楼宿舍，我接受了您的"审阅"。初次见您，刚刚五十出头的您把我有些镇住了。您是我们上一辈为数不多的女大学生，不仅有学识，外公外婆还给了您娇美的容貌和高挑的身材。当时，您手捧一本杂志，轻言细语，和蔼又不失威仪。幸好我从小到大当学生干部，还是原电力部的部优毕业生，也算"见过世面"。我喊一声阿姨好，您微笑抬头看我，寒暄几句，大抵是说些客套话吧，我们距离很快拉近。您是老师出身，我也总有一颗当学生的心，这大概也是我们相处融洽的原因之一。结婚那年，早就选好的日子，结果遇上非典。你和爸爸从广东赶回，戴着口罩，小心翼翼。你们倾囊而出地给我礼物，说家里条件不那么好，祖辈都是务农的，上辈兄弟姐妹又多。我只管听着，给我的礼物也只管收着，也不知我上辈修的什么福，您也从不挑剔我的大大咧咧。婚后，有一年我去岳阳出差，顺道去岳阳家里看看你们。几个同事陪着我到家里，我看到您和爸爸精心收拾了屋子，把水果摆得精精致致。我却一如往常，风卷残云般地吃完水果，聊上几句就和同事们一起走了，完全没有顾及你们感受的意识。而您和爸爸，特别是您，却总是注意着我的感受，每次回到老家，您怕我听不懂话、怕我吃不惯，就给我当翻译，把我爱吃什么告诉每一个亲戚，给我夹菜，专门做菜……你们宠我，老家一大家子就都宠着我。大女儿 L 出生了，现在小女儿 Q 又两岁多了，我一直就是过着只需要管"大事"的日子，除了爸爸和我的父亲相继去世，家里没什么"大事"。您就一直操持着"小事"。替我把家里料理得井井有条。今天一早，我要到办公室制订疫情期间职工的心理关爱工作方案。您说，"放心去吧！我能照顾好 L 和小 Q。"我有个大学同学对我说："你是好福气，看你在外放手干事，其实是有家里老人为你负重前行。"

妈妈，谢谢您！谢谢您的包容、谢谢您的照顾、谢谢您的爱。我相信我们上辈子有缘分，这辈子才成为母女一般的婆媳。您勤学、严谨，常常在家里看到您关于做菜、关于健康的各种学习笔记，也习惯了您的"专家说"。您幽默又大度，虽然偶尔和亮亮拌嘴儿还会流眼泪，我认为这是您的"少女情怀"。您每天记得给 L 泡羊奶，尽管她不情愿喝，但我们知道您是为她好。您也习惯了我们的"阳奉阴违"，您永远想着的是我们，想方设法落实您的各种爱的措施。我们永远是您的孩子，可是又忘不了自己已经是不惑之年的企业的骨干、家里本来的中坚，所以还是要请您谅解我们的忙碌。

今早听见您啪嗒啪嗒的重且快的拖鞋声，我在感慨，您的干劲儿足！虽然您曾经进过 ICU，但如今依旧健朗。您还是那么爱照镜子，那么爱美。祝您健康！祝您一直这么美！

媳妇：琼

2020 年 1 月 23 日（农历腊月廿九）

❧ 悦读悦幸福 ❧

——观纪录片《镜子》有感

　　刚进初中的大女儿有一次课外阅读作业是要求和家长一起观看《镜子》。《镜子》是中国首部深度探讨家庭情感教育的纪录片，由中央电视台社会与法频道出品。影片讲述三个家庭因孩子辍学而陷入困境，父母们无奈将孩子送入一所特殊学校接受"改造"，却意外地让自己接受了一次触及灵魂的启蒙教育。我很认真地和女儿一起看完纪录片，我们一起交流观后感，一如我们平时交流读书心得——我会写下一些文字，作为记录和幸福的记忆。恰逢全省"湘悦读·工力量"读书活动如火如荼开展，从纪录片《镜子》想到读书，想到读书为我和我的家庭带来的幸福，更是迫不及待地要分享这份感受。

　　我出生在一个幸福的时代，一个幸福的家庭。现在我有一个幸福的家庭，我们都处在一个更好的时代。

　　我是伴着改革开放成长起来的一代，从我懂事起，母亲挑灯夜读的形象就印在我的脑海中。小的时候，家里不算富裕，但只要是读书学习需要投入，母亲从不吝啬，资助了远亲、近邻还有姐姐的同学等很多人读书。记得小学的一次家长会，在老师褒扬几个同学之后，母亲竟然站起身说："老师，好学生应该奖励，学校奖了，我还奖，第一名10元、第二名8元……"还有一年寒假一位远房舅妈说想让还在念初中的女儿到我家来帮工，母亲知道是孩子没钱念书了，便说："丫头的学费我来出，书不能不念。"因为有这样一位令人尊重的母亲，无论在学校还是邻里亲朋当中，我和姐姐都特别自豪与自信。如今，姐姐是一名光荣的人民教师，我在央企忙碌而充实。父母是孩子的镜子，环境是时代的镜子——我为《镜子》中的故事感伤警醒时，更多的是感恩自己的幸运和幸福。

如今我有个幸福的家庭。最幸福又最平常的一幕场景是我的婆婆和妈妈亲如姐妹般地凑着头、满脸喜悦地读着女儿的小学毕业学籍册上老师的每一段评语：戴临琴是同学们的榜样……戴临琴从小就在书香中长大。因为工作原因，我搬过几次家，每次家里最先添置的家当便是书。我们家没有专门设置书房，但就连厨房有时也摆着书。家里装修通常比较简单，唯有书柜和书架不可少。我常说，书就是最好的装饰品。孩子每次过生日，我们都去书店挑上几本心仪的书。记得大女儿刚开始认字时，每到休息日，我就带上她和几本书坐到小区的空地当中，绘声绘色地给她讲书中的故事，吸引一群小朋友围绕到我们身边听故事。后来，女儿学钢琴特别烦躁，我就对她说，妈妈朗读诗词，你来伴奏吧。当我抑扬顿挫地朗诵《沁园春·雪》时，女儿也静下心来，渐渐拿下了钢琴十级的曲子。我们还在医院打针时读书，在去各景点前通过图书查阅人文风情做功课，我们一起背诵古诗词，和爸爸搞读书辩论赛……读万卷书，行万里路。读书与旅行开阔了女儿的眼界，成就了她的坚韧与自信，还有些小幽默。她会用"身有伤，贻亲忧"来"教育"奶奶千万别不舍得花钱而影响健康。有一年，在山东聊城，虽然她获得她所在年龄组的全国国际象棋大赛女子冠军，可是连日的大雨却让小家伙很想家，有棋友问她获奖感言，小家伙冒出一句"归去，也无风雨也无晴！"这种幸福在延续，现在小女儿三岁了，有书就可以让她安静，刚学会说话时，每当爬高楼就说"欲穷千里目，更上一层楼"；听见鸟儿叫，便道"处处闻啼鸟"……

读书吧！如果等到用《镜子》来告诉我们本不太愿意接受的现实，那不如用书香做"镜子"，折射出读书的模样——腹有诗书气自华。我很同意俞敏洪先生的观点，读书让遇到困境的人也会多一种纾解。我以为，读书会让一个家庭减少很多困难，或说使困难不再难。前几年，婆婆因肠炎术后感染住进 ICU，在那段艰难的日子，我和先生处理工作之余，便是在医院边照顾婆婆边以书相伴，我读书录音请护士拿给婆婆听，每天给她写信。婆婆康复后，有了更好的心态，全力支持我们的工作。读书是良药，生活的挫折不知何时在哪等着我们，相比用书来救赎痛苦，更可用书来"治未病"，面对隐患，先秦扁鹊言"不治将恐深"。纪录片《镜子》中的孩子大多有了自己的想法，甚至是家长认为不可逆转的想法，再谈读书，似乎会让人有些静不下心来的感觉。不过要是能读也定然还是会发生好的作用。所以，读书吧，只争朝夕地读，一万年也不太久地读，读书便有幸福。

读书吧！全家一起读！"三人行，必有我师焉"。一个家庭，便是一个学习的团体，互为老师，教学相长。读书，应该从家庭开始。我们每个人都应为人师表，以身作则，以身为范。前文已说过，我家庭的幸福来源于读书，无论是茶余饭后，还是车马往返之间，读书是全家的消遣和话题。读书在于分享和交流。《镜子》中有的孩子父母也是高级知识分子，有"知"且会"道"，但这些父母却不善于和孩子分享与交流。萧伯纳说："你有一个苹果，我有一个苹果，彼此交换一下，我们彼此仍然各有一个苹果；但是你有一种思想，我有一种思想，彼此交换，我们就都有了两种思想，甚至更多。"我以为，我们与孩子的平等可以从思想交流开始，共读共思考。

读书吧！《镜子》中说，孩子是家庭的镜子，孩子脾气不好，是受了家庭的影响；孩子辍学，逃避现实，沉溺网络等等也都有家庭的原因。我想说，这当中更有社会的原因，家庭是社会的镜子，父母为什么会给孩子那么大的压力？望子成龙，望女成凤，不仅仅是某个家庭的个案。孩子能否成才是一个时代的焦虑。什么是才？我想，做一个对社会有用的人即好。读书于家庭，无须功利太强。读书于家庭在于齐家，齐家在于其乐融融也，家齐而后谈"治天下"。"治"可以是愿望，而始于自身，天下兴亡，我之责任，为中华崛起而读书。我偏向读经典，经典引导我们从修身到齐家到治天下，读书于家庭，从养性开始。"性格决定命运"，家庭有了好的性格，国家便有了好运。

读书吧！让孩子成为一个幸福的普通人。让家有书香，家有幸福。谈笑有鸿儒，往来无白丁。在这个充满幸福的时代，以铜为镜，以人为镜，以史为镜，更要以读书为望远镜，登高放眼全球和未来，在打造和服务人类命运共同体的新视野中，做一朵幸福的浪花，折射整个太阳的光芒！

✦ 说点好听的 ✦

2020 年国庆期间，我们一家四口在四川黄龙景区游玩，这是我们早就计划好的一次出行，所以全家穿的是亲子装。回想起来，就在国庆前夕，我先生的外公去世了，所以我们出行前先到了先生的老家，然后是我的母亲代表我们全家在我婆家的娘家帮我们照顾我婆婆以及尽礼数。因此，我们一家四口能够安心地走出去。这样的情况在我家很正常，我一个大学同学说我能够在事业上轻松前行，是因为家里有老人为我负重。的确如此，我公公和爸爸前些年都去世了。现在，我先生就像住在"女生宿舍"里，都说三个女人一台戏，我婆婆早年当过校长、我妈妈退休前是厂长，都是管人的人，家里听谁的？如果这个问题一定要回答，答案就是：听好的！所以，和大家聊和煦家风，有三句话与大家分享：说得好听，想得好美，做得好看。

——说得好听。不是要巧言令色，也不是虚情假意，而是真诚表达我们的欣赏、肯定和鼓励。比如我和我婆婆说谢谢，最开始，我婆婆不习惯，说自己家里人这么客气干什么。我对婆婆说，我是真心想表达感谢，您试着习惯。久而久之，家里人都习惯说谢谢，也都是真诚的。我的大女儿有时会开玩笑说"射射"，说，家人是不需要言语的"谢"。要说得好听，让说话对象觉得好听又不是浮夸，那就需要去学会欣赏说话对象的优点，需要去发现说话对象的长处。这就自然而然要"想得美"了。

——想得好美。是既往好的方向想，也多看到美的一面。我婆婆曾经住过医院的ICU，她说在死亡线边缘经历过便不害怕死亡了。在我婆婆在ICU的时候，我每天坚持给她写一封信，我相信她能看到，后来从ICU出来，我读信给她听。她说自己一定要好起来，因为有这么好的媳妇，这么好的家庭，她想多活几年。康德说，三样东西有助于缓解生命的辛劳：希望，睡眠和微笑。我想，我之所以被大家认为天天打鸡血，与我拥有并感受这三样东西的美很有关系。我婆婆有不自觉照镜子的习惯，她之前有些忌讳我们指出她这个习惯。后来，我跟她说，妈妈，底子好的人才喜欢照镜子，您说是不？长得不好的人、不爱美的人又怎么有本钱去在意镜子里、别人眼里的你的形象呢？我婆婆听了后很高兴。这又增进了我们的感情。

——做得好看。2020年12月31日，我陪我老妈去了一趟衡阳老家，去看她的老领导、入党介绍人。我老妈一贯心疼我，不想给我添麻烦，但我坚持送她，并努力让她觉得是我想去衡阳玩。我老妈后来感叹说，还是生女儿好，朱厂长三个儿子，结果病了的时候还要请人照顾。我婆婆马上说，我生儿子也好啊，有这么好的媳妇。我婆婆经常在她的同学群、朋友圈去晒幸福、夸媳妇，我也很支持她。我觉得分享就是一种幸福，把好看的做出来、晒出来，形成良性循环，自然会促进我们往好的方面说、往好的方面想、往好的方面做。

这也是我们"悦分享"的意义。乐观可以传染，我的婆婆和妈妈现在亲如姐妹，尽管都很强势，但在家庭这个有爱的集体当中，她们各处其位。我们家那位住"女生宿舍"的先生也很努力，感谢他的付出。这个家里，要说听谁的，肯定听那个会说话的，话反正要说，我们就说点好听的。

❧ 他乡亦是吾乡 ❧

  2021 年开年，扶贫题材电视剧《山海情》中主角马得福在剧中解决的最后一个难题是自己的家乡整村搬迁。村里的"族长"式人物李老太爷宁愿服毒自杀也不愿离开祖祖辈辈生活了数百年的家乡。马得福在经历抢救李老太爷和自己的思想挣扎后说出了"人毕竟不是树，人都有两头根，一头在老先人手里，一头就在我们后人手里"，且用雄辩的事实最终打动了李老太爷，促成迁村。

  2021 年这个春节，无数人响应国家号召，就地过年。临近春节的一天，我打电话给即将留在深圳过年的姐姐，让她做妈妈工作，不要远赴深圳，而是和我在一起，不出省。姐姐在深圳待了快 20 年，父母退休后就在我和姐姐家轮流再"上岗"。因为我一直有公婆照应，在我家老二出生前，妈妈更多时间是在姐姐家，所以小女儿常说，外婆家在深圳。每逢春节，姐姐还是会和姐夫回湖南老家。父亲在世时，父亲和母亲多是和姐姐的公婆一起在姐夫老家过节。父亲去世后，我们自然更是不会同意妈妈独自过春节，每年都"抢"着把妈妈接到一起过年。但今年，身为老师的姐姐以及正在就读高二的外甥女的学校有要求，要求她们就地过年。妈妈想着差不多一年都在帮我照顾小女儿，注重公平的她就计划春节前夕等我放假就去深圳。我找了许多理由，让姐姐去帮我说服妈妈，其中包括共产党员要在家里作表率，最终成功了——妈妈和我一起来到先生老家过年。先生父辈是个大家族，虽然公公已去世，但家族都特别感念公公这个他们这辈走出来的名校大学生在家里的表率作用。一直以来，在先生的老家，婆婆、妈妈和我们一起都很受礼遇，加之我妈妈的开朗性格，这些都促成她在他乡也依旧开心过春节。大年夜，央视节目《他乡是吾乡》让妈妈很是感慨："我有自己的家，女儿家也有我的家，现在到女婿们的老家也像自己家一样，我好幸福！我乡是我乡，他乡也是我乡。"

是啊！他乡亦是我乡。大学开始离家，20多年来，就业、成家、育儿，从前有父母的家，现在有自己的家，走到哪就把那儿当成家、变成家。我们不是树，但我们可以向树学习，走到哪，就把根深深扎下去，适应环境，吸收土壤的养分，让自己根深叶茂，展现芳华，不负韶华。父母给我们建了一个家，我们再给父母添一个家，生生不已，亲情开花。

一堂关于《灰姑娘》的课

这是我家好些年前的一幕了。

给大女儿 L 念《渔夫和他的妻子》的故事，念完后我习惯地问："你听懂了吗？"爸爸马上插话答："农夫的妻子贪得无厌。"L 应从。我略感伤，但依旧问："农夫的妻子最初想要什么？"L 答："房子。"我接着问："要是比目鱼不给呢？"L 没答……我想起关于《灰姑娘》的一堂课。

上课铃响了，孩子们跑进教室，这节课老师要讲的是《灰姑娘》的故事。

老师先请一个孩子上台给同学讲一讲这个故事。孩子很快讲完了，老师对他表示了感谢，然后开始向全班提问。

老师：你们喜欢故事里面的哪一个？不喜欢哪一个？为什么？

学生：喜欢辛德瑞拉（灰姑娘），还有王子，不喜欢她的后妈和后妈带来的姐姐。辛德瑞拉善良、可爱、漂亮。后妈和姐姐对辛德瑞拉不好。

老师：如果在午夜 12 点的时候，辛德瑞拉没有来得及跳上她的南瓜马车，你们想一想，可能会出现什么情况？

学生：辛德瑞拉会变成原来脏脏的样子，穿着破旧的衣服。哎呀，那就惨啦。

老师：所以，你们一定要做一个守时的人，不然就可能给自己带来麻烦。另外，你们看，你们每个人平时都打扮得漂漂亮亮的，千万不要突然邋里邋遢地出现在别人面前，不然你们的朋友要吓着了。女孩子们，你们更要注意，将来你们长大和男孩子约会，要是你不注意，被你的男朋友看到你很难看的样子，他们可能就吓昏了（老师做昏倒状）。

老师：好，下一个问题，如果你是辛德瑞拉的后妈，你会不会阻止辛德瑞拉去参加王子的舞会？你们一定要诚实哟！

学生：（过了一会儿，有孩子举手回答）是的，如果我是辛德瑞拉的后妈，我也会阻止她去参加王子的舞会。

老师：为什么？

学生：因为，因为我爱自己的女儿，我希望自己的女儿当上王后。

老师：是的，所以，我们看到的后妈好像都是不好的人，她们只是对别人不够好，可是她们对自己的孩子却很好，你们明白了吗？她们不是坏人，只是她们还不能够像爱自己的孩子一样去爱其他的孩子。

老师：孩子们，下一个问题，辛德瑞拉的后妈不让她去参加王子的舞会，甚至把门锁起来，她为什么能够去，而且成为舞会上最美丽的姑娘呢？

学生：因为有仙女帮助她，给她漂亮的衣服，还把南瓜变成马车，把狗和老鼠变成仆人。

老师：对，你们说得很好！想一想，如果辛德瑞拉没有得到仙女的帮助，她是不可能去参加舞会的，是不是？

学生：是的！

老师：如果狗、老鼠都不愿意帮助她，她可能在最后的时刻成功地跑回家吗？

学生：不会，那样她就可以成功地吓到王子了。（全班再次大笑）

老师：虽然辛德瑞拉有仙女帮助她，但是，光有仙女的帮助还不够。所以，孩子们，无论走到哪里，我们都是需要朋友的。我们的朋友不一定是仙女，但是，我们需要他们，我也希望你们有很多很多的朋友。下面，请你们想一想，如果辛德瑞拉因为后妈不愿意她参加舞会就放弃了机会，她可能成为王子的新娘吗？

学生：不会！那样的话，她就不会到舞会上，不会被王子遇到、认识和爱上她了。

老师：对极了！如果辛德瑞拉不想参加舞会，就是她的后妈没有阻止，甚至支持她去，也是没有用的。是谁决定她要去参加王子的舞会？

学生：她自己。

老师：所以，孩子们，就算辛德瑞拉没有妈妈爱她，她的后妈也不爱她，这也不能够让她不爱自己。就是因为她爱自己，她才可能去寻找自己希望得到的东西。如果你们当中有人觉得没有人爱，或者像辛德瑞拉一样有一个不爱她的后妈，你们要怎么样？

学生：要爱自己！

老师：对，没有一个人可以阻止你爱自己，如果你觉得别人不够爱你，你要加倍地爱自己；如果别人没有给你机会，你应该加倍地给自己机会；如果你们真的爱自己，就会为自己找到自己需要的东西，没有人可以阻止辛德瑞拉参加王子的舞会，没有人可以阻止辛德瑞拉当上王后，除了她自己。对不对？

学生：是的！

老师：最后一个问题，这个故事有什么不合理的地方？

学生：（过了好一会）午夜12点以后所有的东西都要变回原样，可是，辛德瑞拉的水晶鞋没有变回去。

老师：天哪，你们太棒了！你们看，就是伟大的作家也有出错的时候，所以，出错不是什么可怕的事情。我担保，如果你们当中谁将来要当作家，一定比这个作家更棒！你们相信吗？

孩子们欢呼雀跃。

据说这是国外某小学的一堂阅读课。我也曾把《灰姑娘》的故事讲过给我当时还只有四五岁的大女儿 L 听，尽管我绘声绘色的讲故事水平能够吸引她的注意力，让她爱上阅读，但我们给故事角色下定义、给判断的习惯也影响到她，谁好谁坏，是非分明。我的大女儿 L 现在已经是青春期的孩子，她比较少有叛逆反应，我不确定是性格使然或者是教育使然。可供参照的是我的小女儿小 Q 现在快四岁了，她喜欢看各种动画片，尤其是《小猪佩奇》之类，她的奶奶很反感，说现在动画片有问题，猪是最蠢的动物，还让孩子成天和猪打交道……我不再像 L 小时候那样，任凭"是非"教育去灌输，通过学习，我学会尊重任何生命和个体，会"跳"出来和小 Q 奶奶理论。或许是耳濡目染，小 Q 特别喜欢动物，遇到邻居家很大的狗也并不害怕，并总是主动去交流、去观察和发现。我不确定哪类孩子未来会被定义为更"成功"，我更想分享孩子们本应有的想象力和思考力。当然，我也很庆幸，当奶奶定义猪"蠢"时，L 也是第一时间"跳"出来，生物分析、环境分析等等思考开始冒泡。我坚信，知识改变命运，知识可以创造幸福。假如灰姑娘不会跳舞，假如灰姑娘不热爱生活，假如……假如现在我们就来上一堂《灰姑娘》的课，您怎么看？

❧ 路过的幸福 ❧

一个周末的下午，先生和大女儿说要去跑步。因为疫情防控的需要，周边的健身中心均暂时处于关闭状态，于是计划去附近的公园。小女儿一听说去公园就嚷嚷着去公园附近她喜欢的书店，所以最终还是一家人驱车前往。

到了公园附近，停好车，先生带着大女儿我带着小女儿各自去往目的地。结果到书店才知道，疫情防控期间，书店的营业时间调整，马上停止营业了。小女儿不甘心，跑进她中意的儿童游乐区转一圈，最后要求喝一杯西瓜汁才肯离开书店。于是我们就从书店买了一杯西瓜汁，到周边转转等着先生和大女儿，之后又陆续从公园周边的自动售货机上买了两瓶饮料。见到大女儿，她已经跑得浑身是汗。她不时逗逗妹妹，又不时拿出手机来拍照"妈妈，你看，你看，云多漂亮！"我循着她指的方向看，阵雨冲洗过的天碧蓝碧蓝，更是把零散的云衬托得珍珠般稀贵，云自然会撒点娇，生出各种姿态来，煞是漂亮。我边点头附和着，边联系还在跑步的先生准备返程。大女儿问起书店，她喜欢书店的文创产品。我边看着停车场的收费标准边有些心疼钱，唉，哪不能跑步，非跑这来？！交停车费还买各种饮料、西瓜汁有点小贵……

我和大女儿算了一下账，小女儿在一旁仰头喝着饮料。"妈妈，这可不是你的风格吧？！喝西瓜汁享受了西瓜汁的甘甜，到公园有不一样的风景……都算到一起？！"听了大女儿的话，我频频点头，满心欣慰地学会欣赏小女儿的各种调皮状。

一般来说，我们大脑对外界挑战有三种应对方式，第一种叫 Let be，顺应；第二种叫 Let go，放手；第三种叫 Let in，接受。曾经读过一本《大脑幸福密码》，其内容核心是告诉我们如何学会 Let in，即接受。用当下比较流行的说法是"享受当下"。科学研究指出，幸福大脑是可以训练的。《大脑幸福密码》这本书告诉我们训练的目标是平静、自信和满足。幸福训练是个系统工程，我们可以逐步努力。如何训练？例如，当我带着情绪"算账"时，我的大女儿让我看云、看路边风景。不去计较付出，不去累计投入，时时刻刻享受零星的幸福、路边的幸福。

负面期许不积累，快乐幸福不计较。

让我们一起 Let in。

❧ 让阅读穿越时空 ❧

2020 年国庆前夕，大女儿曾心心念念要去稻城亚丁，我们却都忙得没空做攻略。直到假期来临，有好几个朋友说，高原缺氧，别带孩子去冒险。和先生商量，做了个中间方案，去四川看看，我们选择了九寨沟、黄龙和成都。旅游结束，大女儿说学校来了任务，要来一场读万卷书和行万里路的观点对战。我和女儿说，读万卷书和行万里路都是长见识的途径，本应相辅相成，于是我们把在杜甫草堂的感受进行了一番分享——

"浣花溪水水西头，主人为卜林塘幽。"我们一家人漫步于浣花溪畔一条"长"满诗歌的长廊，廊外有绵柔的雨轻轻拂着荷塘还没有完全褪去的那一抹浓烈的碧玉，若隐若现的桂花香随风萦绕。

大女儿 L 和先生读着长廊壁上的"岱宗夫如何，齐鲁青未了"，我绘声绘色地和三岁大的小女儿小 Q 描绘着"两只黄鹂鸣翠柳，一行白鹭上青天"的景象。雨没有要停的意思，却也并不放肆。我们走出长廊，和葱郁的竹子、尖尖的青草一起去沐浴雨的晶莹剔透，三两人群在我们身旁穿过，仿佛都忘了雨在飘，却又不时欣赏着雨和微风合作的舞蹈。顽皮的小女儿抱住小径旁的一株竹子喊道："熊猫妈妈，我是熊猫崽崽！"我循着竹影深处的红墙望到一抹黄茅，心中念着"八月秋高风怒号，卷我屋上三重茅"很庄重地向目的地进发。

如今的茅草屋在"广厦千万间"的映照下是一个珍品。游人们热情地在它面前拍照，戴着口罩很有秩序地穿堂参观。先生坐到茅屋前的一处石凳旁，叫我给他拍诗人般的"艺术照"，大女儿应景地从包里找出几张票券卷成古书状递过去。小 Q 也爬到另一处石凳上，"老妻画纸为棋局，稚子敲针作钓钩"的画面油然浮现眼前。

文学评论家谢有顺说："在一个特定的场景里，能让我们穿梭于古代与现代的场景里的，唯有文学，尤其是诗歌。"我想若不是诗圣当年的《茅屋为秋风所破歌》中的爱民情怀，便没了我们今天的草堂之行，而对于并不经世的小 Q 而言，草堂的吸引力远不及可爱的大熊猫带给她的记忆。而她此行的记忆若不被记录，估计会是相对短暂的。民间谚语有云："读万卷书，行万里路。"在当今这快节奏的生活，我们习惯于用镜头记录生活，而古人的镜头唯有诗书。阅读，便是用更长远、更广阔的视野看这世界。如此来说，我们的万里路若没有万卷书的背景和故事，一趟游玩下来，走马观花，浮光掠影，"一日看尽长安花"，马是马，花是花，无春风得意，无绝胜烟柳，万千风景也无非"年年岁岁花相似"。

幸好我们有杜甫和他的诗可以读。作家阿来说："是杜甫为他当年建草堂待了近四年的这个城市定了韵脚，是杜甫让这个城市有了诗史，杜甫的诗让我们可以更好地感受这个城市自然的美、人文的美、历史的美、气象的美。"让我感觉更幸运的，不止是杜甫诗中可以感受到的这个城市的各种美，书里书外更广阔的世界不止在我的脚下——它在万卷书中无限地延展。我们可以读那经典的唐诗宋词；我们还能从《飞鸟集》中与泰戈尔相遇；从《老人与海》里感受海明威的人生哲学；我们可以在《红楼梦》中游大观园，在《西游记》里走西天；《小王子》会带我们去另一个星球，《三体》还可以让我们穿越到未来……

亲爱的朋友，如果我们的脚还来不及行万里路，请让我们的眼读万卷书；让阅读穿越时空，带我们行书中之路。

❧ 金鱼游上太空去 ❧

"金鱼游上太空去，燕子下海做个窝……哈哈，妈妈，鱼怎么可能游到天上去呢？"2021年3月的一天晚上，小女儿小Q唱着幼儿园学习的儿歌，突然对我说。"可能的！小Q，只要你大胆去想，一切皆有可能。"我原本正念着《三字经》哄她睡，不知哪句经让她联想到幼儿园的《颠颠倒》。"你今天不是看过南仁东爷爷的故事吗？我们可以听到很远很远的星星上的声音……"我想到了《故事里的中国》，还有之前看的扶贫题材的经典大剧《山海情》，它们的共同特点是出现在《山海情》片首的那句主题词：理想照耀中国。

被誉为"中国天眼"的500米单口径球面射电望远镜（FAST）计划于2021年4月1日正式对全球科学界开放，征集来自全球科学家的观测申请。此消息一经发布，我们可能会想到那位为中国人打开一扇窗看宇宙的"追星人"南仁东。"天眼"之父南仁东耗尽毕生精力只为点亮"中国天眼"。他曾说："这个给下一代天文科学家准备的观测设备FAST，它不仅是我一个人的梦想，也是一群人的梦想，一个国家的梦想，更是全人类的梦想。"人民科学家南仁东用生命践行这个伟大的梦想。这个梦想缘起何时？《故事里的中国》南老专题这一期是以从小怀揣星辰大海的少年南仁东和带领团队攻坚克难的老年南仁东在同一星空下对话的形式展现的。他们共同完成了一场信念和精神的接力。故事启发我们，理想有时就来自一次唯美的观察、一次大胆的想象，甚至于一场游戏、一个好奇。

"金鱼游上太空去"是看似颠倒实事的游戏，但通过我们借助想象和现代科技的力量，就有可能成为现实。科学的发展正在不断拓展我们的认知边界，我们可以幸福地大胆想象。我们已经超越了那个"人有多大胆，地有多大产"的时代，科学的思考被科学的落实所推动，理想照进现实。尽管有时实现理想的路有千辛万苦、千难万险，但因为理想的伟大，所有的困苦都显出了渺小。我们不怕困难，我们应有理想。曾几何时，有种社会声音说，中国人的理想信念在弱化，于是有人问，未来中国靠什么？我想说，靠我们，靠一代代怀揣理想信念并为之奋斗的我们。我们是奋斗的"主人翁"。

"金鱼游上太空去"是目前常识认为的"颠倒"，但也可能是我们未来的常识。

著名科学家爱因斯坦曾说："想象力比知识更重要。"

我常常告诉孩子，视界决定世界。

当小 Q 似懂非懂地看完南仁东的故事，我问小 Q："你的理想是什么？""妈妈，什么是理想？""就是你长大想做什么？"小 Q 回答："我想当太空人，去看星星。"

❧ 爱的坚强 ❧

"帮我拍张照，我想留下我长头发的样子。"在经过第三次化疗后，母亲的头发大把地脱落。虽然有心理准备，但老人家让我给她拍照时，沮丧的心情依旧溢于言表。母亲前几天才刚刚勇敢地剪了短发，头发依旧在严重地掉。我和医生沟通后，又和家庭成员一起交流说怎么做母亲的工作，让她老同意剃发。谁知道，周末我们午休的时候，母亲不声不响自己去剃了头发。"你姐姐说要我发张光头的图片给她。"母亲边说边走到我面前递手机给我。我装着若无其事的样子，拿起手机镜头对准母亲。母亲依旧露出灿烂的笑容，露出大白牙。

"小 Q 说现在像外婆了！"母亲戴着假发说。母亲前几天剪了短发，才 4 岁的小女儿说外婆像农妇。这次剃了所有的头发，母亲整天盖着帽子躲在房间里，说怕吓到小孙女。幸好，假发很快买到了。我给母亲很认真地整理好假发，戴到她头上。母亲第一时间去征求她至爱的小孙女的意见，隔一会儿，老人家自己取下假发爱惜地整理。小 Q 发现了，拿起就往头上戴，我追着她让她还给外婆，"妈妈，我不见了"，小 Q 顽皮地躲着我。"宝贝，还给外婆，外婆……"我给小女儿讲一通道理，4 岁多的孩子竟然真的似懂非懂地把假发拿回到我手里。

曾读过一篇文章，名叫《坚持与随遇而安》。书中有一段话："当你在大海上向着某一目的地航行，忽遇暴风雨，你是冒着翻船危险迎着风浪而上呢？还是暂时改变航向避开风险？面临这样的时刻，百分百的航海者会采取后一种方式，因为你的存在才是最终到达目的地的最大保证"。我们也许习惯说"条条大道通罗马"，而有些事情发生在自己身上时，决定并不那么好作出，坚持与放弃或许就是一个哲学命题。

幸好，从母亲的选择当中，我看到，随遇而安有时也是一种爱的坚强。

❧ 小人大智 ❧

"爸爸，你都是大人了，还抢我们小人的玩具玩?"才上幼儿园的小女儿创造了"小人"一词，对她爸爸佯怒道。"小人"有别于"小孩"，在他们的世界里，他（她）已成"人"，和大人相比，只有大小之分。小人只是小，但作为人，或有大智。小人的世界很美妙——

一大人朋友带小人串门，我开门迎接，热情招呼，朋友对小人说："快叫人啊!"那可爱小人大声对我喊："人!"

到一朋友家做客，问其家"小人"何时过生日？"吃生日蛋糕的时候!""那何时吃生日蛋糕?""吹蜡烛的时候。""那什么时候吹蜡烛呢?""关灯的时候嘛。""阿姨是说，是一年的哪一天是你过生日，比如几月几号。""你早说嘛! 嗯，哪一天我不记得了。"大人哭笑不得。

我外甥女住的地方国际友人甚多，大家见面常以"hello"打招呼。当她还只是两岁小人的时候，一日我和我姐姐带她出门。迎面走来一黑人，皮肤大概如炭黑，加之身材高大，着实有些吓着小外甥女了。小外甥女说完"hello"就怯生生地拉着姐姐的衣角说："妈妈，这个 hello 是黑色的!"。

"小人"们之间的交道是"小人"们的事。我家"小人"上幼儿园没几天，我打开幼儿园的网站，她能把班上二十几个同学的名字都对号入座。问某某某是谁，"她是我的好朋友!"女儿很认真地介绍道。一日，在幼儿园的一个活动上，我家小人和她之前说的那位好朋友吵得不亦乐乎。最后，泪眼婆娑、恶狠狠地说："我再不跟你玩儿了！"翌日回家，先生照例问："今天的好朋友是谁啊？"结果，我家"小人"答的还是昨天那位"再不一起玩儿"的"小人"。

我们大人常常自以为大，而小人也常常自视其小，"我不能""我够不着""我做不到"从他们嘴里说出来稀松平常。其实，大人也未尝不可说，只是大人把自己看"大"了。

昨日，一朋友席间为自己被保送上清华大学的孩子感到自豪，自我打趣道："遇见熟人，别人都说，'诶，你越来越像你儿子了'！"我倒真觉得这是熟人的褒奖。

小人大智，智在直白，智在真诚，智在"何苦大呢"。

❧ 重阳岁岁时时 ❧

俗话说，家有一老如有一宝。我的家里有二宝——我的婆婆和妈妈。她们都已经年过七旬，婆婆妈妈共处一室，亲如姐妹。

我的左手中指前些日子添了一处刀疤。我姐说，那叫孝心印。那段日子母亲做化疗没什么胃口，之前很少下厨房的我每天想方设法地给母亲做三荤一素一汤，争取一周不重样。因为想尽量不耽误工作还能照顾到孩子们，我深夜哄睡小宝后便把食材准备好，还为了尽量保证食材新鲜可口，凌晨起来清洗分切，然后蒸煮炖炒。虽然分量不多，但因为要做得精细，还要保证在送完大女儿上学后保温送到医院再赶回办公室，所以时间要卡得精准到分。那天，我不小心切到了手指，自己赶紧用纱布按压止血消毒，戴上防水手套后继续完成我的每日"功课"。只是刀口不小，去买药时，药店的小姑娘们都吓到了，她们想象不出我当时是如何止血如何包扎的。幸好母亲眼睛很不好，我完美地瞒过她在医院化疗的日子。后来姐姐来了，听说我这刀疤的来历，心疼到流泪。婆婆知道了，说真是羡慕我母亲有这么孝顺的女儿。

农历日期我们一贯不大记得清，近期工作还有些忙，大概是因为约稿截稿的日期让我有些混淆了，农历九月初七一大早，我就和婆婆说，妈妈节日快乐。婆婆莫名其妙，后来反应过来，考虑我在开车，很贴心地给我发个信息。我给婆婆回信息："重阳岁岁时时都快乐。"

婆婆也很快回信给我："你们的健康平安就是我们老人家的快乐。"

因为先生是独子，公公又因病突然去世，所以我和婆婆已经共同生活了十多年。都说婆媳关系是世间最难处理的关系，但我似乎从没遇到过难题，孝老敬老理所应当，老吾老以及人之老，幼吾幼以及人之幼，因为婆婆的大度和关爱，我们家里一直其乐融融。现在两老两幼互敬互爱，重阳抑或儿童节天天"住"我家。

百善孝为先。孝心可传承。"奶奶，平平安安！"我4岁的小女儿对着即将出门的老人说。也像奶奶平常对我们说的一般。

古人讲，夫孝德之本也。让我们将美德传承，当九九重阳的暖意升腾，一年一度秋风劲，不似春光，胜似春光。

❦ 选你"喜欢"的选项 ❦

在外出差，每天都和女儿们通个电话。这天，大女儿在电话里和我分享考试的趣事：一道数学题，以前总是说，请选择"合适"的选项进行运算。可这次改成了请选择"你喜欢"的选项进行运算。看见就喜欢了，当然答对了。女儿说，其实也不过还是选合适的选项呗！我说，感谢老师们的用心，从选择"合适"到选择"喜欢"，老师们更注重了学生主观能动性的发挥。

中国积极心理学领军人物、清华大学教授彭凯平在推荐《内在动力》这本书时说："幸福来自真正的自主"。我们怎么样能够做到自主？又如何通过自主获得幸福？怎样能够做到是自己愿意去做一些事情，而不是被外在的东西所强迫？通过研究，我们知道，自主和被控制是两种完全不同的生存状态。它会导致疏离和沉浸两种状态。疏离是我们没有沉浸在当下生活的一种感受。这种状态有个词语能够很贴切很形象地反映，即行尸走肉般地存在。而沉浸则是指自主地、真实地、忘我地幸福干事的样子。著名的樊登读书会创始人樊登也曾以自己演讲为例来说这两种截然相反的状态，说他甚至能够从喉咙痛不痛判断得出来自己的状态——如果是沉浸式的演讲，是完全享受演讲的过程，讲三个小时下来，嗓子不会疼，会觉得跟平常说话一样，很舒服。但是，假如某次在台上，在努力地取悦观众，在使劲地想名言警句，在仔细地想怎么样调动全场的氛围，不超过一个小时，嗓子就没声了。因为这种状况是疏离的，是没有把心智放在融会贯通的演讲本身的状态。

那么我们究竟如何来促进自主，来创造幸福呢？根据心理学实验得出结论，让参与者自我选择有利于增强人们干事创业的内在动机。正如我的女儿可以选择自己喜欢的选项来做题能够提升她做题的兴趣和做对题的概率。

一个选择题的变化，反映着我们的教育观的转变。我们干事创业内在动力的激发，更意味着我们社会自信自主的提升，这才是幸福的源泉。我们有理由相信，随着社会的不断发展，我们每一个人都有可能实现心灵的自由，幸福最终来自心灵的解放。

真好，选择你"喜欢"的选项。在这个最好的时代，可以选择，可以努力，可以创造我们喜欢的人生。

❦ 丈 量 ❦

这还是十多年前的经历。脸上的痣引起了女儿 L 的兴趣。躺在我怀里的她，用拇指和中指尽力去连接我眉宇间与嘴角的这两颗痣。随后，她停下来，很是费劲地意图抠去我嘴角的这颗，弄得我生疼，我止住她的手。"妈妈，我量不到。"原来，L 是想去挪动这颗痣。

痣不是棋子。3 岁的孩子也许还无法理解痣为何不能移动，因为她的小嫩脸上是无瑕的。她大概在想，妈妈脸上的痣是粘上去的，是为了"好看"（孩子当时还没有明确的审美），或者根本就是为了让她可以"丈量"。因此，痣应该是可以移动的……

世间的许多事却如痣，一旦生出便无法移去，哪怕是挪个位置。虽然也有去痣的方法，但我总认为，这痣是必然形成的，由人的习惯或者说性格决定的，由于"秉性难移"，所以痣也就难以移动。就像毛润之先生"中年得志（志）"，这痣和志就都根深蒂固了。我曾经做过实验，出于好奇而活生生地用小刀刮去过自己的一颗痣，数日后那块表皮长出来，先觉得就是肤色了，可待完全长好了，它仍是颗痣。所以，我以为看相算命者拿痣做文章，仍是在证明"性格决定命运"。而成功掌握命运者，多是掌控自己性格而战胜自己者。

"妈妈，我量不到嘛！"我思想游离间，L 的手指仍然停留在我的脸上，用力撑开着她的拇指和中指。"对，你现在量不到，但以后你的手指会变长，妈妈脸上的痣不会变，你就能量到了。或者你现在可以找到尺子还有别的工具来量，如果你现在的确想量的话。"就在我的絮叨中，L很懂事地收回了手。"那，妈妈，请你给我拿尺子来，好吗？"

我很欣慰这么小的孩子就可以接受——对待不能改变的事物就改变自己或者改变方法。但提醒她的成人在自己面对问题时又是否能提醒到自己去真正接受这样简单的道理呢？

❋ 当个美妈 ❋

母亲节，收到女儿给我准备的礼物。我也给婆婆和妈妈都准备了礼物，还帮她们和自己向老公"索要"了大红包。恰逢休息日，老公下厨，一日三餐，只管"饭来张口"，一家女眷好好过节。

照例是大清早起来给大女儿写学校要求的每周寄语。这次我写的是《美美与共》，和孩子分享，什么是美，如何"各美其美，美人之美，美美与共"，以及建议孩子如何看和如何做。在寄语中我也一如既往地"臭美"，谈自己如何去美——无非是内外兼修。就算女儿已习惯教育我低调、谦虚、内敛，我依旧偏向不厌其烦地说如何内外兼修当个美妈：内修性，外修形，并美其名曰"美美与共"。

当个美妈，内要修性情。修性情便建议多读书，读好书。我们读书自然是希望学以致用，那如何让所读的书成为我们的知识、见识和气质呢？常常有人说，读过的书，才放下就忘了。这很正常。根据德国著名心理学家艾宾浩斯的遗忘曲线，我们学得的知识，如不抓紧复习，一天内可以遗忘 75%。读书当然也是如此。如何减少遗忘，咱们老祖宗说过，"温故而知新""学而不思则罔"，所以，复习和思考是读书必有之法。此处和大家分享一个促进思考的"小妙招"——言为心声。通过表达，教学相长来增进记忆和理解。爱尔兰剧作家萧伯纳说，你有一个苹果，我有一个苹果，我们相互交换，每人仍然各只有一个苹果；但你有一种思想，我有一种思想，彼此交换，我们都有了两种思想，甚至更多。因此，当个美妈，对于读书和生活，我特别推荐"分享"。至于读什么样的书？我以为随性即好。如果想当个传统美妈，那就多读点国学吧。春有"天街小雨润如酥"，秋感"万木霜天红烂漫"，千古文章书卷里，百花消息雨声中，内心甚得丰富，自然腹有诗书气自华。读书可以让人保持思想活力，让人得到智慧启发，让人滋养浩然之气。所以，当美妈，读书吧！

当个美妈，外要修形体。我们在这个世界上，每个人都不是孤岛，我们需要沟通。商业心理学对有效沟通有一个"55387法则"，即健康人有效沟通的三大要素中，肢体语言（仪态、姿势、表情）占55%，声音面（语气、声调、速度）占38%，而说话内容（遣词用字）仅占7%。因此，当美妈要相夫教子，不说远了，就是和家人沟通最重要的也是我们的外在形象。我以为好的形象标准就是健康、得体。当美妈，当然要先讲身材。俗话说，没有丑女人，只有懒女人。假如天生丽质，那自然也有懒的资本。可即算天生丽质，美也不是永远的保鲜品。健康，我们要由内到外的健康，所以特别需要我们自律，管住嘴照顾胃迈开腿。咱们美妈不容易，时间很有限，也要学会偷懒，比如，衣食住行都尽量简单而精致些，还比如健身选一个适合自己的运动，重在坚持。用简单的思维去修形，不知不觉我们还真精致简洁了，是为美。

当个美妈，说到底，首先要各美其美，发现自我，欣赏自我，提升自我。提升是一种常态，提升到什么状态，我以为无止境，现在流行的说法是"终身成长"，甚好。

当个美妈，其实，最重要的是幸福。何谓幸福？享受美，享受当妈妈的状态，把美传达给孩子，在美好的事物中美。

我们处在这样一个美好的时代，自己认识、也告诉孩子：所有的困难和丑恶都是暂时的，朝着美的方向、大步迈开腿，行走即好。

我喜欢台湾大学哲学教授傅佩荣老师的一句话：人生在世，悲观、乐观都不重要，达观最重要。达观，我以为兼收并蓄，和美包容。

　　以此和美妈们共勉——美美与共。

　　当美妈，走起！

❧ 幸福普通人的修炼秘籍 ❧

我特别喜欢萧伯纳的一句话。内容是：你有一个苹果，我有一个苹果，我们相互交换，每人仍然各只有一个苹果；但你有一种思想，我有一种思想，彼此交换，我们都有了两种思想，甚至更多。基于这个观点，我坚持和孩子交流、分享我的思想，比如大女儿进入初中以后，我坚持每周以一篇短文的形式来分享我的所见、所闻、所思、所感。我尽可能地争取每天和她交流的机会，分享的所见所闻，我尽量讲清楚事实，以此传达我的世界观和价值观——做一名新时代的女性，自尊、自信、自立、自强。

我为今天的分享起了一个华丽的名字：《幸福普通人的修炼秘籍》。幸福普通人是我追求且努力保持的状态，我在单位是负责工会方面工作的，我和我们的职工交流时，与大家共勉努力做"三种人"：一是为人师表的家庭成员；二是令人尊重的职业人；三是做幸福的普通人。"为人师表"，强调我们的言传身教和影响力。一个家庭通常至少有三个成员，"三人行则必有我师焉"，父母是孩子的第一任老师，我们对孩子的影响是终身的。有一次，戴临琴因为有些烦躁，进门没打招呼就钻进自己的房间，事后等她情绪调整好了，我故意和她重温《弟子规》"出必告，反必面"，她很快意识到自己的不对，和奶奶、外婆表示了歉意。所以，做一个为人师表的家庭成员，也是我们家每个人努力践行的。"令人尊重的职业人"，强调专业性。术业有专攻，世上无难事，只要肯登攀。家长也是有职业技能的，我们作为家长，职业技能练好了吗？第三种境界是最难的，所以我和大家来共同分享我的幸福"秘籍"。

幸福的普通人。什么是幸福？有意义的快乐——这是我读北大心理学教授彭凯平《活出心花怒放的人生》所得到的最简洁的定义。和幸福相对的就是痛苦、焦虑等等感受，而现在这些感受都特别的常见，如何避免或减少这些负面情绪？著名作家冰心说，我自己是凡人，我只追求凡人的幸福。所以，幸福的第一条秘籍，就是正视我们的平凡和普通，知足常乐。拿大女儿戴临琴的成绩来说，我们几乎从来不关心她的具体分数和排名。小学时，她没有拿满分时，我们就说，恭喜你，你还有多少分的进步空间。和这类似的是，我们推崇"胜馁败骄"。这是孩子爸爸请我代为分享的。戴临琴从小下国际象棋，每次比赛下来，我们也不问输赢，只让她分析自己的比赛。多年下来，孩子心里知道，有没有弄懂问题是我们所关心的，而分数也好、荣誉也罢，我们并不关心。她享受我们的鼓励，如果考试分数或排名不佳，她从不担心我们会不会责备她。

"幸福是有意义的快乐"（彭凯平语）。幸福的意义来自我们的选择和奋斗。所以幸福的第二个修炼秘籍是相信奋斗。关注我朋友圈的朋友常常会有两个感受，第一，我们家很幸福；第二，我一天到晚都在忙。戴临琴也总是说"妈妈是自带光环的"。我忙着学习和奋斗，学习令我快乐。我是文学学士、法律硕士，还有几个高级职称。昨天我跟戴临琴说，我想去考个心理学方面的博士……这并不让戴临琴觉得奇怪。我们整个家庭都习惯了这种奋斗的忙碌和浓厚的学习氛围。不过，回到上一条，在戴临琴眼里，不管老妈在外边怎么光鲜，回到家庭里，就是一个帮孩子洗头洗得又快又好、做菜做得还不错的妈妈，也是一个力所能及去照顾好老人身体和情绪的女儿和媳妇。

其实，幸福归根结底是要用心感受幸福和努力追求幸福。关于

"亲子交流"，我做了一个拓展，我们可以称为"亲"的人和有才学的"子"的交流。所以基于我们的才学，只要有爱、用心，没有什么是不可克服的。至于沟通技巧，现在最被推荐的一本书是《非暴力沟通》，这是一个需要长期练习的技巧，归纳为四个字"观感需求"：观察事实、表达感受、明确需求（目的）、表达需求。为了自己实践好，我用"不忘初心、换位思考"来时刻提醒自己。"不忘初心"就是我们的目的是什么，我相信大家都一样，是为了孩子和我们共同的幸福；"换位思考"是站到他人，特别是我们孩子的角度去看问题。我们尊重、接纳（我生的、我养的）、欣赏、支持每一个孩子，我们自然就会平和而幸福。

我们公司在谈到遭遇逆境时有一句话我很喜欢，和大家分享：风风雨雨是常态，风雨无阻是心态，风雨兼程是状态。

习近平总书记说："幸福是奋斗出来的。"

只要我们每天都在奋斗着，幸福也是触手可及的。去欣赏孩子的勤奋、努力，或者是搞怪的可爱等等方面，任何时候都尊重孩子这个平等的主体。

让我们一起平凡的幸福吧！

第二章 像孩子一样生活

　　我有两个女儿，大小女儿的小名分别叫 L 和 Q。L 进入初中后，我坚持每周给她写一篇寄语。当初用一个英文字母给她起乳名，一是因为我和先生的姓名拼音中都有这个字母；二是希望借助"L"是 love（爱）、light（光）等等单词的首字母来为孩子名字赋予美好的内涵；三是相比一般的乳名更有特点和创意。L 得益于我们的教育和良好成长的环境，一直很阳光和自律。当她进入初中阶段的学习，学校的家校联系本上每周有一页是可以写家长寄语的，我便把握一切机会来传导我"做一个为人师表的家庭成员"的思想，每周坚持给女儿写一篇小短文，内容涵盖父母的爱、和同学的相处、如何加强管理和处理一些具体的问题以及人生感悟等等。写这些感悟，第一，我坚持手写，用自己尽量工整的文字来影响孩子的书写；第二，我坚持给每一段感悟都写上标题，力争围绕一个主题讲清楚，影响孩子的写作；第三，我努力言之有物和避免简单说教，希望孩子能够看得下去。在一次孩子的家长会上，我曾分享我和青春期孩子沟通的心得，即：说得好，做得到，想得美。

　　这些寄语告诉孩子要勤劳、要勇敢、要幸福……俗话说，没有笨妈妈，只有懒妈妈。我努力当个美妈，用心去爱她们。

❧ 宝贝，妈妈爱你 ❧

刚才妈妈给你盖被子，给小Q换了拉拉裤，她有些低烧，睡不安，还讲梦话。外婆向我"告状"，说小Q发低烧是因为……我深知外婆不容易，也更知外婆是心疼我才帮我来照顾小Q，但"教育"外婆也是我的习惯，我和外婆说，出了问题别总是找别人的问题……她老人家立马说："是我的问题，我的问题。你赶快去睡！"此时，接近凌晨四点，我惦记着我的"作业"，我筹划已久和你交流，打开你重重的、摆得整整齐齐的书包……

过去的这一周，妈妈曾以为经历人生低谷——在自我感觉良好的巅峰上摔下来。当然，妈妈不服输，立马改进、调整心态、解决问题。这个"巅峰"是妈妈自信对你教育引导的成功，自信把忙碌的工作和家庭生活处理得很好。可是前天看到你在语文试卷上的作文时，妈妈的内心感到被击中，妈妈从没有想到你会觉得妈妈"不把你放心上"。爸爸对我的教育鞭挞速至，说我因工作忽视了你的感受。而当时，我的工作很"压头"。我能预测到的加班和急需解决的问题让我一时喘不过气。和你交流沟通的问题，还有小Q的身体不适，你的牙疼都是我要考虑的问题。

那天中午，在尽可能理清头绪后，我放下手中一切事情来给你发信息，求你原谅，并计划晚上和你的交流……但计划永远没有变化快，就在那时，妈妈幸福地接到你的电话，一时间似乎所有的问题迎刃而解。

妈妈的幸福缘于你是那么地善解人意，而且感慨你的进步，你的成长，你对自己的把握，对问题的看法。

谢谢你，亲爱的宝贝。按照你的目标，稳步向前吧，此时这个很忙很忙的妈妈只想自信地告诉你：宝贝，妈妈爱你！

❧ 做一个幸福的初中生 ❧

  2019 年 9 月 7 日的早晨，不到 28 个月的小 Q 迈向家门，称："我要去上学，我要去上初中了！"这便是上初中一周的你给妹妹的影响。小 Q 眼中、口中的姐姐要么是"姐姐上课去了"，要么是"姐姐在写作业"——姐姐你是一个标准的学生。

  你初中开学一周有余。记得有一天爸爸起床时说："L 就走了？！"随后说："女儿也太让我们省心了！"我笑着说："是担心我们的存在感吧？"每天，你自己起床，还特别早，自己安排好早餐，听一会儿英语或诗词，自己搭公交车上学……晚上到家，自觉且高标准地完成作业——确实是一个让人省心的孩子。

  但我们也有担心的事。听说进入中学第一天军训时，你出现晕倒现象。"身有伤，贻亲忧"——你的安全、健康是我们最担心的。我们希望你更多地认识到身体的规则或说规律，适度锻炼，做到"文明其精神，野蛮其体魄"。同时，始终强化安全意识，保护好自己安全，促进环境安全。

  初中是人生当中从童年迈向少年的阶段。古语有云，少年强则国强。"故今日之责任，不在他人，而今在我少年。少年智则国智……少年雄于地球，则国雄于地球。"我们期待你成为勇当责任的少年。如何担当起这责任？现阶段就是好好学习。我们曾探讨读书的意义，"九层高台，起于垒土"。现在正是读书最好的时代，是一个幸福的时代。祝你成为一个幸福的中学生！

❧ 生日快乐 ❧

　　宝贝，生日快乐！祝你有生的日子天天快乐！

　　不知不觉已和你一起走过十三个春秋。回首这十三年，记得的全是美好。我们一起到江边骑车，一起在车上背古诗词……即便一起待过医院，我记得的也是你在医院一边打针一边学习的上进模样。我记得的还有，凌晨，和你一起从医院出来，我们看到不一样的长沙，你说，困难有时给我们带来惊喜。我还记得你小时候骑在爸爸肩上的样子；记得小 Q 出生没几天，你过生日的样子。那天是你十岁生日，你觉得受到了冷落，流过泪后依旧把蛋糕分给身边的每个人。我记得……你长大了！这十三年里，你不止学了知识，你学会分享，学会了照顾他人的情绪，学会了谦逊，学会了欣赏，学会了换位思考，学会了应用辩证思想……你学会了快乐秘诀——昨天你说，"学习令我快乐！"

　　生日快乐！学习快乐！学习是一种成长方式。处在如此美好的时代，学习是快乐的，成长也是快乐的。你习得"仁义礼智信"，你分得清轻重缓急。你尊老爱幼，你敬贤守礼，因此有人夸你"腹有诗书气自华"。

　　你通过学习，有了审美的概念，懂得是非善恶，于是开始知道如何去让自己变美。你通过学习跳绳来健身而变得更健康……

　　我相信，"学习令我快乐"是你实实在在的感受。我也相信，你理解了学习的快乐，哪怕经历挫折，你也会通过学习增长见识，让挫折、让经历变成财富，收获更大的快乐。你的快乐是哲学意义上的快乐，是巨大的快乐，是超越乐观，变得达观后的快乐，是逢山开路、遇水搭桥，越是艰险越是向前、办法总比困难多的快乐——学习令你快乐。

宝贝，学习快乐。生日快乐！

❊ 规矩由爱生 ❊

妈妈特别欣慰于你昨天和妈妈提起的往事：你说，妈妈要求你写作文时，不写到句号时不允许你停笔去做其他事。你还提到爸爸和奶奶对你提的一些规矩。你知道我们给你立规矩都是因为爱你。你还因此提出观点：规矩由爱生。

规矩由爱生。何为规矩？字典上有两个注解：一是画圆形和方形的两种工具，比喻一定的标准、法则和习惯；二是指行为端正老实，合乎标准或常理。从释义来看，无论是名词还是形容词，要说源头还真可联想到爱。为了世界的和平、社会的和谐、人与自然的共处，自然要有标准、法则或约定俗成的规矩，这是人的大爱。而我们作为个体，之所以按一定规矩行事，去合规合矩，不只是对规矩的信服、敬畏，更是因为相信遵规守矩能带来和谐、带来幸福。

规矩由爱生。因为有爱，便有了规矩，便有了我们循规遵矩。而随着社会的发展，环境的变化，有时或者是我们个体的成长所需，规矩并非一成不变，对规矩的遵循也可随着认识的提升而有所"创新"。你曾多次和小Q讲规矩，让她别乱画。你说达·芬奇这样的大画家，也要从规规矩矩画蛋开始。想打破规矩就必须先遵守规矩。

规矩由爱生。爱也会促进规矩的发展。因为爱这个世界，为了世界更美好，我们就会有保护地球、保护环境的各种规矩的产生。我们爱世界、爱国家、爱民族和家庭，所以，我们在遵规守矩的前提下幸福成长。

❧ 健康才能浪 ❧

连续两个周末给奶奶和外婆分别过生日，今年较往年，妈妈更费心一些。特别是奶奶的生日，还请来了她的一些朋友，是希望她能开心，进而促进健康。当时奶奶在医院住院，我们向医生请假把她接出来和朋友亲人相聚一场，有说法云"冲喜"。外婆是典型的不服老，年近 70 的她今年登上了泰山，还时时不忘"炫耀"。可是，外婆腿疼的老毛病近期又犯了。这也是为什么我们把为外婆祝寿的家庭聚会安排在就近的有特色的餐厅。

健康才能浪。前天从外地出差回来，妈妈受朋友之邀出去"嗨"了一场。妈妈当时打电话告诉你，妈妈和几个你熟悉的阿姨在"乘风破浪"。当天，我们喝酒、聊天、唱歌，我们还交流家长里短，交流怎么育儿，确实很开心。当然，我们最关注美与健康。我和阿姨们形成共识，只有照顾好自己才有精力关爱家庭，健康才有资本去"浪"。这些道理，妈妈不厌其烦地和你说，是想传达到你，并影响你。

健康是金。我每次看到朋友圈里因为生病而不得不筹资的链接，添一丝忧虑的同时会尽力去帮助一点。富兰克林曾说，健康是对于自己的义务，也是对于社会的义务。我深以为然。叔本华也曾说，健康的乞丐比有病的国王更幸福。健康的财富意义，不言自明。

健康是福。培根说过，健康的身体是灵魂的客厅，有病的身体则是灵魂的禁闭室。如果没有健康，估计是难以体会到幸福。人类的幸福只有在身体健康和精神安宁的基础上，才能建立起来。

健康才能浪。妈妈很幸运，此时健康的我可以和健康的你谈此话题。浪去吧！健康吉祥！

❧ 美美与共 ❧

"各美其美，美人之美，美美与共，天下大同。"这是著名社会学家、人类学家费孝通先生在其 80 寿辰上讲的一句箴言。今天是母亲节，一大清早，你祝妈妈美好不老。说到美，老母亲就想到了费老的这一番话。

美，羊大为美。古人以羊为主要食品，肥壮的羊吃起来味很美，这似乎是"美"字本义的由来，意思是"美味和美意"。自古，民以食为天，美从食来，自然是美。随着温饱问题的解决，如今我们对美的理解多指美丽、或是使美丽以及令人满意的美好的事物、或心情感受。例如我夸你美，你便美滋滋。

"美美与共"，是费孝通先生从文化层面提出的。美，我们先是各自发现自身的美，继而知道什么是美，随后学习审美，欣赏他人之美，之后相互影响、欣赏，互鉴互美，便美美与共，天下大同。尊重文化的多样性，是实现世界文化繁荣的必要要求。费先生曾经撰文"美美与共"和"人类文明"详细阐述了此观点。

我以为"美美与共"是很好的处事、处世道理。"各美其美"，这是现实的表现。每一个人都愿意追求美好的事物，例如，心情美，容颜美，形象美等等，美丽让自己有美好的每一天。这种美多指外在的美。真正的美，由内至外。一个人懂得什么是美，所以追求美、尊重美和欣赏美。而懂得美的人更愿意去发现美，以美好的心态去看待他人之美，这便是尊重美；有"美人之美"心态的人，愿意成人之美。如果，人与人之间都是互相欣赏、互相尊重和支持，那我们周边的环境、我们的人际关系自然是美好的。可想而知，"美美与共，天下大同"的世界多美好。

　　美美与共，首先是各美其美，如何美？学而时习之，与老母亲同美吧！

❋ 感受人生 ❋

家长会上，老师说请家长督促孩子做好练字和阅读。练好字是对学习的尊重，是"面子工程"，而阅读是因为你们太忙，没法经历太多，所以到书里去感受人生。我回来传达了会议精神，还带上我的分析和观点。我说不曾见你练字，但规规短矩、认认真真写字，也算是练字吧，练更是为了好好用。再说阅读，我常说，经历即财富，人生也是可以随时被感受的，读书可以，行在路上也可以，关键是有心和用心。

读书最好是读经典，但经典并非局限在四大名著，也并非都是感受人生的小说。杨绛先生在《读书苦乐》中说，读书好比串门儿——"隐身"地串门儿。可以恭恭敬敬旁听孔门弟子追述夫子遗言，可以听苏格拉底临行前和朋友的谈话，可以倾听前朝列代的遗闻逸事，也可以领教当代最奥妙的创新理论或有意惊人的文作高记。每一本书——不论小说戏剧、传记、游记、日记以至散文诗词，都别有天地，别有日月星辰，而且还有生存其间的人物……所以开卷有益，多读吧，读且有所思，你将有更丰富的人生。

感受人生，最终将是自己的人生，走好人生每一步，做更好的自己。作为家长，我们还有一个自我反思的任务——做哪个层次的家长？不用说，我和你老爸都是最"懒"的，你常跟同学们说，我妈不管我学习，我妈让我自己做主之类的话。

我们是最懒的、也最幸运的家长。你从小便好学上进，我也许是当个同行人，和你一起成长，你需要我时，我争取在。哪天你要远征，我们或许还会像驿站相逢的朋友，送你祝福，让你轻松快乐地前行，你的人生终究是要自己去感受的。好好学！

❧ 腹有诗书气自华 ❧

这周的一天，L，你很生妈妈的气。原因是，老师在班级群里面问有会吹口琴的同学吗，且要求形象气质佳。妈妈看见便马上回，戴临琴会吹。你生气的原因是认为自己不过只懂皮毛，妈妈怎敢报名？！你还加上一句，你认为我形象气质佳吗？当然！孩子。我知道你对自己的五官外貌并不太自信。可是你诚信负责的品质、勤学向上的态度让妈妈觉得你就是形象气质佳。我也希望你有这个自信。

刚才无意中看到你填报的一个资料表，当中你对父母学历的介绍写的爸妈都是大学本科毕业。我特别想告诉你，妈妈是研究生毕业。转念一想，这或许也是妈妈不够自信的一种体现。其实到妈妈这个年龄阶段，学历或许没有那么重要了。

这周末是妈妈本科毕业20周年同学聚会的日子，昨晚见到几位外地归来的同学，有企业家、有老师，还有行业高管、政府官员等等。妈妈被二十年未见的同学夸变漂亮了，自是高兴，有位骨子里透着自信的阿姨说，不能仅仅用漂亮来评价妈妈的变化，说应该给妈妈评个学习委员……我听了更高兴了。

妈妈有这份自信，学习的力量让我对美丽、健康和人生都充满自信。你知道妈妈最喜欢的那首词"回首向来萧瑟处，归去，也无风雨也无晴"。类似的还有"不管风吹浪打，胜似闲庭信步"……

不吹了（妈妈不是口琴）妈妈的自信很大程度要感谢你，和你一起成长，一起学习且一起收获，希望我们一起亲身证明，腹有诗书气自华。

❧ 张弛有度 ❧

张弛有度，劳逸结合。希望勤奋、自律、上进的你关注健康，走进大自然，在紧紧盯住学习目标的过程中，学会调整心态和方法。

我们中国传统文化讲究张弛有度。《道德经》第七十七章："天之道，其犹张弓欤？高者抑之，下者举之，有余者损之，不足者补之。"天道如张弓，我们顺天而为，便须张弛有度，收放自如。否则，如何能将箭射出去，做到有的放矢？《礼记·杂礼下》有云："张而不弛，文武弗能也；弛而不张，文武弗为也。一张一弛，文武之道也。"周朝时期，民间有个祭祀百神的"蜡"节日。据说，孔子带弟子去看热闹，子贡担心百姓只顾玩乐而有危险。孔子说，百姓成年累月在田间劳作，让他们放松一下，有张有弛，这是周文王与武王定下的规矩，这样便于更好地生产。古人既然已经把道理告诉我们，那我们就应该掌握人劳作的规律，在繁忙的学习和工作之余，适度休息。

俗话说，磨刀不误砍柴工。适度的休息，是为更好地学习。不过，什么叫适度？这或许是人生最难回答的题目。如果说，张与弛是自然法则，那度的把握便是人生哲学，我们共同学习。妈妈以为，把握好度，需要有丰富的人生经历，并且随时随地去调整和完善。以你读书为例吧。张弛有度，张弛有法。不记得在哪本书看过，化目标为过程，把关注目标转为享受过程。比如你学习紧张时，放慢脚步或者停下来弹弹琴放松一下，可能会让紧张的学习更有效率。另外，为什么要那么紧张呢？学习本身就是快乐的。给你带来紧张的大多是考试。我们可以这样想，考试是阶段性的检验，并非学习的结束。所以，面对考试，我们轻松地应对或享受在考试中学习的快乐。正确地对待学习和考试，或许你就没有那么紧张了。另外，有些学习方法也能帮助我们缓解紧张，让我们努力做到张弛有度。托马斯·M.斯特纳在《练习的心态》这本书中提到，当我们对繁重的工作或学习任务感到很有压力时，可以尝试用"4S"法则来减压。"4S"指的是四个 S 开头的英文单词，即：简化（simplify），细分（small），缩短（short），放慢（slow）。当你学习感到紧张时，不妨试试上边提到的这些方法。

亲爱的 L，生命有长度。拓宽视野可以拓展生命的广度，应用好的方法可以延展生命的包容度。总之，张弛有度，人生便有度。

❧ 心轻快乐 ❧

作家毕叔敏在《心灵七游戏》的序言中提到一个古埃及传说：快乐女神的丈夫是一名明察秋毫的法官。每个人死后，心都要被法官称量，如果是一颗欢快的心，心就轻如鸿毛，法官便指引轻盈之心的灵魂飞往天堂，反之，则入地狱。天堂固然比地狱可爱。尽管这只是传说，但故事引导我们，人应追求快乐。

古语有云："胸阔千秋似粟粒，心轻万事如鸿毛。"这句话是说，胸襟开阔，那么千万年如过粟米一般渺小而过；心里把一切看淡，那么万事就像鸿毛一样轻盈无干扰。这是古人面对艰难困苦的修炼，今天仍可指导我们修身养性。所谓"大事小事看担当，顺境逆境看襟度，临喜临怒看涵养，群行群止看识见。"如何让我们的心轻起来？该担当时则担当，遇逆境时学会放下。生命本是过程，"明霞可爱，瞬眼而辄空；流水堪听，过耳而不恋"，不纠结于短时的得失。在求学上进的路上，勤奋努力必有收获，偶尔的考试失利，流几滴后悔的泪，便该继续轻装上阵了。当然，不让自己有流泪的理由更好。

我常和你说，视界即世界。唯愿我们登高望远，在求知的路上，坚定前行，看到更广阔的世界。我们心上只放着学习，不会负累重重。我们知道，学习是自己的事情，成绩的好坏并不需要在意他人的看法，这样就不会增加无端的烦恼。学习的深浅程度自己把握，如小马过河那样，自己去尝试，不因为他人的判断而心烦意乱。当我们腹有万卷诗书时，心中容不下其他杂念，万事万物自然在我们心上变轻了。而正因为万事万物都变轻了，我们轻松前行，便可能看到更大的世界。所以，学习——心轻——快乐！让我们学诸葛亮"晴耕雨读"的简单，学陶渊明"采菊东篱下，悠然见南山"的洒脱，在学海无涯的人生征途中，神定气和，豁达心轻。

❦ 失败的好处 ❦

"生活不可能没有一点失败……有些失败还是注定地要发生。"《哈利·波特》的作者 J.K. 罗琳 2008 年受邀在哈佛大学毕业典礼的演讲中这样说过。那么，如何看待失败呢？在罗琳看来"失败是有趣的"，因为它使你跌落谷底，看到前面的希望，而这是"重建生活的基础"。

失败的意义何在？失败意味着"剥离掉那些不必要的东西，而重新把所有的精力放在对我们重要的事情上"；失败让我们卸掉多余的包袱，看清自我，目标明确，轻装上阵；失败考验我们的生存能力，让我们获得智慧，变得坚强，"在历经沧桑后能够更好地生存"。J.K. 罗琳从艰辛的单亲妈妈到风靡世界的童话作家，结合自身经历，从正视失败到重建信心，用自己的亲身经历和大家讲述了"不需要魔法也可以改变世界"的道理。

我一贯坚定地认为，经历即财富。所以，我的词典中没有"失败"只有"经历"。读了罗琳的演讲后，我认为我或许忽视了失败的好处，忽视了真正的失败有跌落谷底的"天然优势"，忽视了失败有检验心态、检验朋友和利用忧伤换取寂寞等种种好处。比如，从一次参加演讲比赛的失败中，我们或许可以开始思考，什么是演讲，怎样做好演讲。像 J.K. 罗琳那样：内容为王，思想是基，语言是桥，表演为媒，直达人心……结合自己的经历，以我个人的一点浅见，要做好一次演讲，更多的是千百次锤炼自己的思想，言为心声，思想有高度，表达自然会有力量。如果把这种锤炼当成竞争的话，那么，在每一次锤炼中我们都无须回避失败的好处。

❧ 谈谈学习 ❧

周六的早上五点多。此时妈妈和你正背对背在各自的灯下完成作业。所以，我们的学习态度是一样的——勤奋努力。

培根说，知识就是力量。高尔基说，书籍是人类进步的阶梯。周恩来说，为中华崛起而读书……学习的目的我们似乎也不用讨论了。那说说学习的方法？孔子云，温故而知新。俗话说，熟读唐诗三百首，不会作诗也会吟。

昨晚咱们说到考试，你说你每做完一道题都及时检查。以妈妈的经验来看，你的学习方法也是对的，无非是多读，多听、多写、多练还有多说。其中，对于已经有多年学习经历的你、一个初中生而言，在听与读的基础上，在记忆的基础上，练、写、说和表达更需要得到重视，做好这三件事的前提是多思。思考是人区别于其他动物的特性，听与读是接收知识的过程，通过我的思考，说、练、写便成为我们应用知识的表现了（这也是为什么作文在语文考试占分比重那么大的原因之一）。所以，常想一二，勇敢地表达自己，这是妈妈现在对你学习的建议。

你对自己要求相对比较高，自尊心强，有大匠不以璞示人的风范，所以在表达方面有些拘谨。妈妈跟你说过我高中时总是被一个同学请教而成就我自己认真学习思考的故事，还望你不吝赐教，学以致用。

听、说、读、写、练都有一个"多"的问题，可人的精力毕竟有限，我们必须规划好自己。

到学海当中去翱翔吧！愿我们：长风破浪会有时，直挂云帆济沧海！

❧ 像孩子一样生活 ❧

　　"像孩子一样生活，像匠人一样工作，像哲人一样思考"是国内知名培训师、企业"植入式培训"创始人马瑜波老师的观点。近期一次合作当中，我和马老师在许多问题的看法上达成了高度共识。关于读书，我认为促进悦读应有童（玩）境、童（玩）态和童（玩）心。马老师说，深以为然。我倡导把读书学习当作一种生活状态，像孩子一样生活——所以，L，保持你的童心，愉快的、充满朝气地学习和生活。

　　我在思考，我是怎么得出这样的结论的。你还记得吗？我们家一直就是一种儿童书屋的样子。你从小就可以随手拿到家里的各种书来翻。我们在每间房子都布置了书柜、书架。咱家的书柜和书架形状还都不大规整，有S形、三角形……在书架和书柜的旁边，我们放了懒人沙发或一些布艺垫子。我们家的沙发也不是中规中矩的形状……我们家的各个角落用各种各样的书来做"软装饰"。如此一来，我记得小朋友们都特别喜欢来我们家。你出生以后，妈妈在你每次生日时都会邀请你的朋友们来家里举办各种形式的朗读活动或讲故事比赛，还有才艺展示会。我想，这样的布置和安排，是因为妈妈从来就把自己当成孩子吧。

　　我还记得，你小时候，骄傲和自豪于妈妈带着你讲故事。那时，小朋友们来我们家，你就让妈妈给大家讲故事。每当这个时候，妈妈先绘声绘色地"演"一遍故事，然后，妈妈让你和小朋友们进行角色扮演。妈妈也像孩子们一样参与进来，向你们提问……所以，今天，妈妈总结，像孩子一样读书。这个孩子也指我们自己，比如，我在读书学习时，我给自己提问，给自己鼓励。有时通过画画、音乐去理解某些书中或许一时难懂的内容，凭着兴趣去了解书里书外的故事……

　　妈妈认为，我们需要以童真的心面对这个世界——保持求知，相信美好，关照自我。尤其是当我们累了的时候，要告诉自己，我是个孩子，让我玩一会儿吧！该吃吃，该睡睡。这时想想，我们还有很好的玩具——书和我们自己。

　　愿你以童真之心、儿童之态生活在美好中。

❧ 读书正当时 ❧

昨天晚餐后，我领着你和小 Q 一起朗读《到韶山》。"别梦依稀咒逝川……"我一句，你们一句。你怕小 Q 赶不上，又陪着小 Q 反复背诵……这是我们家餐桌旁最美的画面。后来你和爸爸一起看了一会儿《清平乐》，我们全家一起进入到宋史的讨论，还有宋朝的文化名人，晏殊、晏几道、范仲淹、欧阳修、王安石、苏轼等等，你拿出历史书来考大家。这时，小 Q 让我给她讲《世界史》，她嚷着要了书架上的一本图册来翻。入夜，你对我说："妈妈，我真的有些后悔，该多读些书的，看着那些"巨佬"写作文可以信手引经据典……"孩子，你能够见贤思齐，真好。读书，现在不晚，正当时。

读书正当时。书到用时方恨少，唯有勤学常读，积累于日常。《中庸》有云，"博学之"，其含义不只是说要广读，更强调时刻保持学习的状态。昨天中午吃饭时，爸爸从手机里翻出一两年前的学习笔记来，他告诉我们，他的一个同学是大家公认的学习"大咖"，他能随时引经据典。爸爸的学习笔记显示，这名"大咖"的成功来自日常读书的积累。

读书正当时。怎么读？妈妈推荐读读国学经典。俗话说，"半部《论语》治天下""熟读唐诗三百首，不会作诗也会吟"……学海无涯，但生命有限，让我们用有限的生命投入到无限的学习当中去时，先用经典来丰实这段"有限"。你或许要问，经典怎么读、读什么？

我曾经总结，以《论语》的精神积极入世，以《中庸》的方法和谐处世，以《老子》的心态超然阅世。供你参考。

读书正当时。书到用时方恨少，事非经过不知难。从现在开始经历吧！

❧ 制心一处 ❧

"制心一处，无事不办"出自《佛遗教经》，意思是一心不动而觉性常灵，觉性常灵而一心不动。有宝慧之心，就一定可以成事。这是从我十分敬重的一位成功女士的微信签名上知道这句话的。她的签名是"制心一处，一念精诚"。

"制心一处，一念精诚"。从大处而言，树立自己人生的目标心往一处想，劲往一处使。当我们心无旁骛地朝着一个目标努力时，由于精力集中，成功的可能性便增大了。从小处来说，对这句话我们也常常会有切身感受，比如当即将进行某学科的考试时，此时去看这个学科的书本或复习资料，会觉得学习效率特别高。我大学时参加辩论赛对我拓展知识面就特别有帮助，我想也是这个道理吧。不只是咱们东方古人这么说，"制心一处"也是当下西方畅销书《认知天性》中的观点，也是《刻意练习》一书所倡导的观点。

"制心一处"是一个持续精进的过程，我们不只是要树立目标，还必须科学地付出努力。在《精进》这本书中有些观点及方法值得我们借鉴：一是郑重的态度，不敷衍、不迟疑、不摇摆，认真地聚焦于当下的事情，自觉而专注地投入。二是以简化的方法来修炼思维。简化是清晰思考的前提。有时，我们的大脑容量有限，那么我们删繁就简，聚焦在一个点上，精益地去把一个问题想明白。三是通过提问、解码、操练、融合，成为高段位的学习者。

"制心一处"。祝愿你在精益的状态中不断进步。

❧ 找准我们的核桃 ❧

某大学的第一课，教授走进教室便说，今天我们来做一个实验。他拿出大大的一个杯子，从教具中又掏出几个核桃。然后一个个往杯子里放，很快核桃就堆到了杯口，他问学生，杯子还可以装么？学生们见多识广，都说可以。教授于是按常规又放了沙子进去，接下来是水，直到大家都认可杯子再也装不下任何东西了。教授说，这就是我们人生的写照，杯子的容量其实还可以拓展。比如说，我应用一些其他方法，往水里再放些气体或者核桃还会吸收些水分。人生的容量也许大到你无法想象。随后，教授又拿出一个和先前一样大小的杯子，这次他首先倒进去的是水。他问学生，杯子还能放么。学生说，可以。可是他往杯里放沙子或者核桃，水马上溢出来了。教授补充说，人生的容量还在于你的选择！我很高兴看到你们充满想象，一切皆有可能……可是，如果我们希望有一个丰富的人生，我们必须找准我们的"核桃"。

找准我们的"核桃"，因为它能让我们的人生更多一些丰富的可能性。从外观上来看，核桃和我们的大脑十分相似，也许这也是我们有脑生活的一种寓意吧！"核桃"代表我们人生的大事，在成长的历程中，也应把精力放在大事上。放一个核桃，杯子就多一份容量，多一个实实在在看得见的成绩。我们不要让既占空间又难以被计量的沙或水填满我们的人生。

找准我们人生的"核桃"。让我们在自己人生的杯子当中首先放进我们的"核桃",让有限的人生因为"核桃"的存在而有最大限度的容量,让我们的人生充满价值!

❧ 说说知行合一 ❧

知行合一，是由明朝思想家王阳明提出来的。知行合一是指，认识事物的道理与现实中运用此道理，是密不可分的。"致良知，知行合一"是王阳明文化的核心。

怎么突然想到这个话题？这话题源于昨天你发高烧，我在思考我总在喊你锻炼，但如何让你切实提高身体素质；源于你笑话妈妈把"学钢琴"挂在嘴上；源于你老爸笑妈妈每天背英语单词是"中年现象"……妈妈需要强化"知行合一"了！怎样做到"知行合一"？王阳明的教育思想是对"知行合一"的详细解读，总结起来：第一，立志、勤学、改过、责善。第二是培养独立的治学精神和能力。第三是做到循序渐进与因材施教。第四是强调身体力行。

说到知行合一，除了王阳明，还很容易联想到的另一个名字——陶行知，中国人民教育家，思想家。他本名陶知行，1934 年，他在《行知行》文章中写到，"行是知之始，知是行之成"，强调学习和实践要相结合的道理，并改名陶行知。陶行知，真正名副其实。陶先生曾用四颗软糖教育无数学生，成为育人典范。今天是 10 月 18 日，恰巧是陶行知先生的生日，我们通过学习陶行知先生的名言和典故来为他纪念吧。陶行知的"每天四问"：第一问，我的身体有没有进步？第二问，我的学问有没有进步？第三问，我的工作有没有进步？第四问，我的道德有没有进步？陶先生还有一段很有名的话——"我有八位好朋友，肯把万事指导我。你若想问真名姓，名字不同都姓何：何事、何故、何人、何时、何地、何去、何如，好像弟弟与哥哥。还有一个西洋派，姓名颠倒叫几何。若向八贤常请教，虽是笨人不会错。"

可见，知行合一，要知要行，要问要学。

妈妈和你共勉。

统筹与兼顾

这周谈话你和妈妈说妈妈对你关心不够，昨晚你告诉爸爸数学考试最后一题又没能做完。于是，爸爸让妈妈和你讲讲重点与统筹的问题。

爸爸认为你考试没把握好时间可能与特别注重书写或格式有关系，因书写影响速度。上述两件事妈妈都在思考，你是妈妈的宝贝之一，自然对你是无理由地爱和关心。但让你感觉到关心不够，妈妈就一定是从能力上还有欠缺。关于考试，顾此失彼，因小失大的问题也可能存在，但关键问题或许是还未真正学懂学通，运筹帷幄，熟能生巧。由此，妈妈和你聊聊统筹兼顾，说不定对你写不完的"忙碌"也会有些帮助。

统筹，通盘筹划的意思。根据我对统筹的理解和经验，制定计划和落实计划且实施闭环是关键环节，而时间的把握是统筹是否科学的关键。以考试为例，做好统筹，多少分题你最多花多长时间，这必须计划好，切忌在细枝末节上浪费时间。前面也提过能力与熟练的问题，功夫在平常，多学多练，熟能生巧，熟能生速。练习就是培养习惯，练习可以锻炼思维，促进知识的贯通，通过提升效率，实现更好更科学的统筹兼顾。这里还需要说明的是，科学统筹是前提，在统筹基础上做的兼顾，不是眉毛胡子一把抓，不是芝麻西瓜全都要，制定和落实计划时，一定要有轻重缓急。人们也常说，要学会弹钢琴，分清主次，全面兼顾轻重缓急，既抓住中心环节，又兼顾其他。

　　妈妈和你一起努力，以爱为前提做好统筹兼顾的文章，爱生活爱学习。学习令我们收获能力与信心，多学善学善成。

把命运攥在自己手中

回顾刚刚过去的月考以及成绩公布的过程，L，你的情绪波动是否会有点大？你表示后悔，你流着流泪……或许也默默鼓劲，心里想下次我要比某某同学强。这是妈妈的推断和反应。还是和以往一样，我们不太在意你的分数，更在意你的感受。

我推测，你情绪的波动来自和同学们的比较，你习惯了名列前茅。你先是了解了自己的分数，认为属于正常发挥。可是得知自己和个别其他同学的排名后，你又是一阵泪流，你对自己的不满来自和同学的比较——这很正常，但妈妈希望你可以改进——把握自己的命运！

不以物喜，不以己悲。今天你只是经历一次学习当中的检验，未来则经历人生的考验。在任何时候，唯有把命运攥在自己的手中。面对人生波澜，我们要"不管风吹浪打，胜似闲庭信步。"那么如何把握命运？学习学习再学习，从自身找差距。从当前的考试而言，分析自己的差错，举一反三查漏补缺，完善不足。妈妈看到老师在群里说，大家错题本完成得不好，L，你是否应用好了错题本？擦干眼泪，放下别人眼里的那个你。通过学习，让自己对自己更有把握吧，孩子。

把握自己的命运，眼睛是向前看的。未来充满希望，一切皆有可能。妈妈当然希望这个"可能"是一切好的可能。所以，把握自己更需要从现在开始。前两天，女排提前卫冕的喜讯令国人振奋。妈妈从一则报道中注意到，女排训练基地墙上有这样一句话，"走下领奖台，一切从零开始!"希望这句话能给你启发。

　　妈妈常说，经历即财富。考试"失利"也是财富，收获财富后，一切由零开始，愿你自信满满走向未来，未来已来!

❧ 换位思考 ❧

换位思考，是指设身处地为他人着想，即想人所想，理解至上的一种处理人际关系的思考方式。人与人之间要互相理解，信任，并且要学会换位思考，这是人与人之间交往的基础。相互宽容、理解，多站在别人的角度上思考，这是人生变豁达的一种有效途径。

这周你告诉妈妈，周末你可能需要"加班"出黑板报，因为这周负责的那组还未见什么动静。妈妈问，离下一周考核时间还有几天？你问过负责的那一小组他们的计划或打算了么？你是宣传委员，但并非干事，你的职责应该是对宣传工作组织、协调、服务和提升促进。特别是老师已经分了任务，你好心不一定办了好事，"包打包办"有可能限制了人家的展示机会。于是，妈妈反复建议，你一定要去和负责的那个小组去商量……妈妈大学时的一次经历让妈妈终生难忘：妈妈参加学校辩论赛，在团队里我是四辩，按照当时的赛制，就是做总结陈词的那一辩，也往往是发言机会最多的那一个。由于辅导老师的博学睿智和整个团队的共同努力，我们过关斩将，问鼎冠军。赛后学校报社记者采访我们，我还沉浸在自己的角色当中，我的队友却走过来十分气愤地说，别以为你自己是谁，干吗老抢我的发言机会……尽管妈妈在那次比赛中还获得最佳辩手的称号，可是同学的这句话和她的表现让我为之一震，至今也记忆犹新。我们都很努力，我们都渴望展现自己的付出，机会要争取，但在一个共赢的时代，也一定要相信他人的付出，要换位思考，将心比心。

换位思考是一种人生智慧，这是古今中外大家的共识。从孔老夫子的"己所不欲，勿施于人"到《马太福音》中"你们愿意别人怎样待你，你们也要怎样待人"，不同地域种族宗教和文化的人都相信和认同换位思考。

在我们这个世界上，没有人是一座孤岛。社会是一个利益共同体，换位思考是一种尊重，也是促进社会和谐的前提。

⚘ 评价与建议 ⚘

　　接连几天，你都在为本小组成员的评价与建议操心操劳。爸爸和妈妈一方面心疼你，另一方面为你强烈的责任心和你的善良感到欣慰。你虽然只是一个小组长，可你的这颗仁爱之心让你具有了大能量。你用换位思考的方式在精心组织你的语言，你说，不能对你的小组成员直接地批评指责，那样会影响大家的信心；你也说，应该要给同学中肯的意见，这样才会真的有利于小组的进步。我们虽然心疼你熬夜影响健康，但我们也相信你不断成长的思维。思考让你越来越能把握好自己。关于如何评价与建议，此处和你略做探讨。

　　正如你所思考的，评价与建议的目的是为了该对象的成长与进步，那么首先我们就需要被评价者接受和认可对他的意见。评价需要客观与实事求是，不是简单地说对还是错、好还是坏，必须要有的放矢地指出某事当中的对与错。比如你今天评价妈妈穿的衣服，你会具体说，丝巾的颜色有些抢眼不好看（虽然妈妈不认同但可以接受你说的事实）。其次，就是如何表达意见或评价以及提出建议。我的理解是，从长远而言，是因人而异，正如孔老夫子说因材施教。而从当下而言，提意见和建议是一门语言的艺术。以前妈妈和你交流过"换位思考"的话题，这是语言表达的出发点。至于如何说，俗语有之，"好话一句三冬暖，恶语一出六月寒"。提意见时，要说给人以同情理解的话，批评只能就事论事，切不可将对事的评价强加于人……想着想着，这个话题还是门大学问，来日方长，以后有机会我们再做探讨。

以下一段子，咱共勉：急事慢慢地说；大事，清楚地说；小事，幽默地说；没把握的事，谨慎地说；没发生的事，不要胡说；伤心事，不能说……

❧ 情感、节奏和气息 ❧

过去的一周，妈妈组织了一个培训班和一场活动，且和向楠叔叔等同事一起完成了一个大型活动……需要总结的太多，但特别想和你分享的是一堂语言艺术表达课上老师所提到的朗诵。一个好的朗诵最注重的关键词是，情感、节奏和气息。

有人说，是否有情感是动物和其他生物的根本区别。也有人说，只有人才有七情六欲，所谓"曰喜怒、曰哀惧、爱恶欲、七情具"。什么是情感？这个话题过大。今天，我们单从朗诵的角度来谈谈情感应用的必要性。

一个朗诵作品，从内化到外化，从作者到读者，首先就是一个情感的体验过程，所谓定调。比如，我们讲课时，老师提到海子的《面朝大海》。这首诗，用喜悦的心情和用万念俱灰的态度去念，其表现出的效果是完全不同的。作为朗读者，我们对作品需要二度创作。因为文字是相对固化的，那么创作水平的高低则首先由朗读者对情感的理解来决定。怎样去理解情感？我想，朗读者对作品的熟悉程度和是否有丰富的人生阅历都将影响这个作品的情感表现力。

节奏和气息的把握像一把标尺。它们常常用来衡量朗诵或演唱的水平高低。有人说，节奏有术，运气是道。意思是说，一个作品用什么节奏来表现，大家比较容易取得共识。"术业有专攻"，通过一定方法的训练，一个作品的抑扬顿挫是能够表现出来的。然而，气息的把握相对节奏而言，是更上一个层次的修炼。一个作品如何轻重缓急恰到好处地表现？气息的应用太关键了。这门大学问，我们日后可以好好探讨。

妈妈和你交流情感、节奏和气息这几个词，我以为，它们不止是朗诵和演唱作品需要把握的关键，也是我们干任何事情可以关注和把握的要点。以我的经历来说，要干好一件事情，情感为王，节奏有术，运气是道。比方说，你是如此喜欢你的某科任课老师，你很希望能用优异的成绩表达你对老师的喜爱之情。所以，你在这科的学习上会特别的用心用情。日常的学习中，你对这门学科也特别好钻研、勤练习。你持久的热爱、得当的方法和经常性的思考让我们很欣喜地看到你的好成绩……

由此也看出，情感、节奏、气息的应用是相辅相成的系统工程。他们应用的程度分别对应着用心、适度和游刃有余，我期待你对它们的理解和很好地应用。

❧ 小兵怎样成为王后 ❧

昨晚，我听到你在分析考试题完成情况。你对每道题都有自己的思考，你对考试整体情况有自己的把握和计划。在分析过程中，你半开玩笑地批评我们：老师在家长群里发了提纲，可是你们没告诉我，这是你们的责任！

我记得前不久，你也较认真地批评过我。你说，老师布置给家长的任务，我几乎没及时完成过。你还说，"妈妈认错态度好，可就是屡教不改"。昨天，一个同事和我聊起她刚进小学的孩子的成长。我便不无得意地和她说起我是怎样当一个"懒妈妈"的。可是你知道吗？妈妈的"懒"是为了培养你的独立，不依赖。你已经做得很好。独立自主是一种能力，也是一种品格的体现，正如小兵通过直进或斜杀达到底线，因作战有功，可以从一个微不足道的小兵直接升变为身价百倍的王后。王后也不是坐享其成，而是肩负攻或守的责任。在一局棋中，任何一个小兵都是独立的，都是向前的，都需要靠自己去争取成功。作为棋子，小兵除了向前拼不能做什么，可是作为下棋的人，是可以创造条件让小兵升后的。

对于浩渺的时空，我们有时是棋子。在我们自己的人生棋盘中，我们则是那个必须自己把握和把握自己的人，我们是下棋者，我们要耳听八方、眼观六路、用心唯一，我们可以创造条件，利用时机，但绝不能依赖，受困受制。

回到探讨我们的学习问题。你知道，学习永远是自己的事情。作为学生的你就像一名小兵，只有不断冲锋向前，冲向底线，才有机会升变。作为父母，对未成年的孩子有责任和义务提供条件和关照。但咱们每一个人都是独立的个体，更要靠自己积攒能量，勇往直前。关于依赖，妈妈有过教训和反思，因此得出结论，让自己永远有能力独立才是硬道理。此时，你可能要说，老妈，何苦找这一大堆理由来解释未及时当好"信息传递员"的失误呢？

哈哈，今天是 12 月 4 日，国家宪法日。讲理讲法，辩理辩法，以作留念。

❦ 初心与前行 ❦

2019 年 11 月 16 日，是雅礼中学 103 岁的生日，你的校长李亮老师、班主任江军老师，以及周赛君、葛敏等等几位优秀的老师用最好的方式——教育演讲为她庆生。妈妈和你同学的家长们有幸参与了这次盛会——这个盛大的生日 Party。

在李亮校长的演讲中，我反复听到了"初心"这个词，"子所雅言，诗书执礼""承雅起航，执礼前行""圆融中西，兼容并蓄"……

教书育人是教师们的初心，教什么样的书、育什么样的人，决定了老师的前行的方向，雅礼中学的校训便代表了老师们的初心与你们成长的方向。

我很高兴和庆幸你在这里。这场生日会，这场家长会也让妈妈收获颇丰。也许你听妈妈说过读书的目的或做人理想状态是：做一个为人师表的家庭成员，做一个令人尊重的职业人，做一个幸福的普通人。我相信，你在中雅，都会遇见，都将成为。

老师在演讲中也提到，奋斗是最好的珍惜。享受幸福的同时，我们需要以奋进的状态，去把握幸福。阅读（眼动）、运动与劳动，生命、生活和生存这"三动三生"是一辈子的文章，去做气质高雅、言语文雅、行为优雅、遵德守礼、恭敬明礼、彬彬有礼的雅礼人吧，动起来！眼动，更多观察与阅读，阅历从书本和生活中来；运动，生命在于运动，强健体魄；劳动创造价值。

2019 年 11 月 16 日，你参加了长沙市首届智运会。在国际象棋比赛中，你这个曾经获得女子 A 组全国冠军的候补大师坦然接受了"惨败"。当时，我和爸爸都跟你说了一句：世上没有绝对的天才，只有勤奋的人才。

值此雅礼中学 103 岁生日之际，我们对你寄语，青春正当时，愿你足够勤奋，和雅礼一起执礼前行！

✦ 说说几部影视作品 ✦

国庆以来，妈妈看了三部电影《我和我的祖国》《中国机长》《银河补习班》，一部电视剧《特赦1959》。其中两部国庆大片是和你一起看的，电视剧《特赦1959》经过我的推荐，你也饶有兴致地打游击般地看完了。我们对这些影视作品有共同的评价——好看！

为什么好看？故事精彩，人物形象塑造丰满，主题情节耐人寻味、引人深思，又或者还有明星效应等等。最关键的是，这些影视作品当中传递的正能量我们都亲身体会到了，我们被感动、我们被震撼！我们来一起回顾回顾这些影视作品中的精彩片段。《我和我的祖国》当中有个故事展现的是，新中国前夜，为了天安门第一面五星红旗的升起，北京的各行各业、各家各户，以及希望能尽一份力的各人个体，他们激情满怀、想方设法地促成了五星红旗在天安门第一次迎风招展。《中国机长》让我们看到一个敬业奉献的航空人团体以及这个团体所服务的越来越文明和优秀的人民。在这个影片中，我们还看到，军人出身的中国机长敬畏生命，敬畏职责，敬畏规章。他带领团队以坚韧创造奇迹后，淡然而坚毅地向所有的乘客抱歉地深深鞠躬。《特赦1959》当中有个情节看得我们血脉偾张，功德林的战犯为抗美援朝战争献计献策，当得知建议被毛主席认可并送往前线时，他们满含热泪地唱起："雄赳赳、气昂昂"……这些故事都是在日益强大的中国、在新时代可以被还原的奋斗的故事。这些故事告诉我们，幸福是奋斗出来的，奋斗是美好的。这是一个个充满力量的好故事。

　　再简单说说你暂时还没看的《银河补习班》吧，这是一部关于教育和父爱的影片。影片倡导教育要回归本源，要诲人不倦，要培养孩子的学习力。影片也告诉我们，天下没有笨孩子，只有暂时没有教好的学生。这部影片的英文名叫《Looking UP》，意思是思考和创新。有评论说，《银河补习班》这个名字太过"理想化"，光看名字还以为是个童话故事。看过影片，我或许也有些认同。和你说起这部影片，我希望你通过这样一部影片了解了解"Looking UP"这个词的意义。希望你去思考、去勇敢地创新。

　　优秀的影视作品往往能够带给我们持久的感染力。我也曾想，说不定未来的某一天，我们的奋斗故事会成为影视作品的素材。

❖ 别让规则套路你 ❖

我的同事帮别人替一手牌，等他人忙完回来接手，看了一会儿同事打牌，幽默而有哲理地对我同事说："老兄，你懂规则却不懂套路。"

规则，是运行、运作规律所遵行的法则。有三层意思，一是规定出来供大家共同遵守的制度或章程，如交通规则，企业管理规则等；二是规律、法则，例如自然规则，造字规则等；第三层意思应是上两层意思的动化或形化，指事物在形状结构或分布上合乎一定的方式，意为整齐，例如，这条路不规则。前面提到的打牌规则应该是第一层意思。套路，本是指做事方法和做事状态。最初是指武术招式的组合，后来被网络捧红，曾有一句"城市套路深，我要回农村。农村路边滑，套路更复杂"脍炙人口。在社会学家眼中，套路是一种传统沿袭中产生的思维方法、技巧手段和表现形式。从心理学而言，套路是一种以经验为基础、低风险的实用主义。我以为，套路或可理解为规则的综合性适用。换句话说，要懂套路前提是把规则吃透，规则是没有生命的，可人是活的，灵活地应用规则应对实时的状态，便是套路。

别让规则套路你。孙子云，知己知彼，百战不殆。学习，一要守规则，二要找规律，三要实事求是用规则。比如一场考试，遵守考场纪律是规则，答题方法有规律。卷面整洁、表述清楚通常可以让阅卷老师在主观题多给分……这些或许就有些"套路"可循。我们试想，懂规则也懂套路，人生道路就比套路长。

"道可道，非常道。"如何把路走成道？这规则与套路咱自己琢磨吧。

❧ 如何当组长 ❧

亲爱的，你是"剑胆琴心"组的组长，你们组的"广告词"是：心有猛虎，细嗅蔷薇，剑胆琴心，无惧前行！这词用你们的话来评价是，好"巨"（好酷）！

从小到大，你当过不少次班干部，经验应该挺丰富的，但妈妈发现最近你这个组长当得有点累。累，是因为有责任心，是因为有上进心；累，也是提醒和建议——管理或方法应有所改进了。组长是你们班最小的干部，组长又是最核心的干部，如今全班分成8组。"干部"一词源自日语，意思是骨干部分，指担任一定的领导工作或管理工作人员。这个定义中，我们得出理解，干部首先是骨干，自己要能干。其次，干部职责是领导或管理。再放到你们"剑胆琴心组"，综合组长是戴临琴，要引导你们班8个组在学习上心有猛虎，在品行上细嗅蔷薇，既有剑胆，又有琴心。你们是学生，分组的主要目的是促进学习。你们组和其他组一样，每个人都是各有所长，你们组和其他组不一样，"剑胆琴心"的意义领会最深。

一个好干部一定要善于管理，而管理一定要把握规律，要"因材施教"、教学相长，一枝独秀不是春，万紫千红春满园。作为一个组长，要先成为"骨干"，再领着大家也都"骨"起来、干起来。你是组长，大家也都是，也都应各负其责。所谓管理，应是有管也有理。管，以班规、职责管；理，以经验智慧和热心来理。管理当中，我以为，理是基础，理顺了，就好管了。"剑胆管、琴心理"，无惧前行，无负少年。

❧ 总结与反思 ❧

孔子云：吾日三省吾身。总结与反思是一个勤学向上之人的习惯。到了年终岁丰，咱们一起来说说这个话题。

总结，顾名思义，是指总体回顾，得出结论，对一个阶段的工作、学习或思想中的各种经验或情况分析研究，作出有指导性的结论。你们的家校联系本就是总结的范本，里面有日总结和周总结，等我们这学期一起完成了，即成为一本学期总结。

那么为什么总结和怎样作总结呢？总结应从宏观入手，总结的目的是更好地工作，学习或思考。因此，首先要把握方向。比如你上学，明明是从咱家往北走，咱不能出门往南，那就永远到不了目的地。定了目标和方向后，我们要考虑干好一件事的关键因素和环节。比如，当好一天的组长，你采取了哪些措施？效果如何？组员们对一项措施的认同度和反应如何？针对效果的分析，你从中可以做哪些改进？再者，便是得出结论来指导下一阶段的学习和工作了。

反思是总结的方式和过程。回头、反过来思考是为了能够更好地向前走，比如你们的家校联系本的设计中有"复习当天所学并预习"，有"今日小结"，也有"适当进行课外阅读和练习"，也比如爸爸为何让你写考试或数学阶段性总结和反思。只有不断思考、总结，才能获得更好的提升。反思，既要总结成绩更要看到不足，或者说更重要的是看到不足。毛主席说过："人不能没有批评和自我批评，那样一个人就不能进步。"反思就是要善于自我批评，自我突破。周恩来总理曾说过："要让我写自己的历史，我就写我的错误。"伟人都能这样总结与反思自己，何况我们呢？

牛顿曾说："如果说我比别人看得更远些，那是因为我站在巨人的肩膀上。"让我们做自己的巨人和未来的牛顿吧，总结、反思促进步！

❅ 坚持就是胜利 ❅

这周你参加运动会，我们一起交流过参赛项目。妈妈曾告诉你，大学时，我为了拿一等奖学金而去挑战长跑，挑战我的弱项。我曾经报名参加 3000 米的跑步，虽然没拿到名次，但是我完成了。我记得当时心中就默念一句：坚持就是胜利！

坚持是一种品质。人生难免遇到困难和挫折，在我们认定方向正确的前提下，遇到困难不退缩、不绕道，坚持便是一种品质的体现。比如你参加的跳高项目，就是人类不屈不挠、勇攀高峰的象征。有人说，跳高是一项失败者运动，因为每次比赛，运动员在跳过一个高度以后，要向新的高度挑战，直到最后跳不过去。是的，人生会有过不去的坎，但在坚持当中，我们积累了面对困难的人生厚度，我们是从更高的起点去爬坡过坎。

坚持是一种能力。人生的路是一条坚持成长、坚持学习的路。我们在成长中学习，在学习中成长。坚持本身是一种能力。"锲而不舍，金石可镂。""绳锯木断，水滴石穿""铁杵磨出针，功到自然成"这些典故你都是听过的，它们是前人经验的总结。认定方向，坚持就会有收获。坚持会提升能力，多一份坚持，就多一份经历。经历即财富……这些道理，你参加国际象棋的许多赛事时都总结过。

坚持就是胜利。综上所述，有态度、有能力，我们才更有可能笑到最后。"行百里者半九十"。你昨天告诉妈妈，几个学期下来，只

第二章 像孩子一样生活

有妈妈坚持每次在"家校联系本"上写这么多寄语。妈妈会坚持下去，努力做一个好妈妈是我的目标。

第一次当你的妈妈，经验不足，困难不断……爱，教会我坚持。

第三章

我在岗位上

　　我们原本就是幸福的。打一出生，我们就有了做好自己这个岗位的天性，通过劳动创造幸福。我们脚踏和平安宁的国土，大力弘扬"执着专注、精益求精、一丝不苟、追求卓越"的工匠精神，可以选择，可以努力，可以好好书写自己任何一个岗位的精彩！无论是母亲还是女职工、或者是妻子是女儿是姐妹，我在岗位上，无比幸福。

　　多年前，我读过蔡笑晚先生的《我的事业是父亲》。从那时起，"父母亲是事业"的这个概念植根到我的脑海。如今，我已当母亲10多年，在这个"岗位"上乐此不疲。除了母亲的角色，我还有职业女性、女儿、妻子等几个岗位，这些岗位都需要我的坚守、我的热爱。

✤ 我在岗位上 ✤

　　一个寻常的早晨，送孩子上学，我一边开车，一边听着车载电台节目。广播里的主持人暖场道："你从事什么工作？在什么岗位？为什么会这么早出门呢？不妨和我来分享下……"我自顾回答一句："此时，我的岗位是妈妈。"

　　多年前，我读过蔡笑晚先生的《我的事业是父亲》，从那时起，"父母亲是事业"的这个概念植入到我的脑海。如今，我已当母亲10多年，在这个岗位上乐此不疲。除了母亲的角色，我还有职业女性、女儿、妻子等几个岗位，都需要我的坚守，我的热爱。"敦煌的女儿"——被党中央和国务院授予"改革先锋·文物有效保护的探索者"的樊锦诗，从北大毕业就奔赴莫高窟，在敦煌工作近60年。她虽然说过"我其实也想过离开"。然而，在每一个荆天棘地的人生路口，她都选择了——坚守。之所以选择坚守，是责任，更是热爱，正如她所说："此生命定，我就是个莫高窟的守护人。"

　　我以为，坚守岗位就是一种幸福。央视著名主持人康辉在他的自传式专著《平均分》里提到，2012年11月15日，他在完成当天上午十八大的相关直播和当天晚上的《新闻联播》播出后，一直值班到次日凌晨3点多，连续工作近20小时的往事。事后他总结说，工作中能战胜疲劳、最最提神醒脑的不是咖啡、红牛，而是反复默念的一句话："我在岗位上。"我十分认同，甚至认为"我在岗位上"的幸福不需要默念来提醒。积极心理学奠基人米哈里·契克森米哈赖在《发现心流：日常生活中的最优体验》提出，"心流"是指我们在做某些事情时，那种全神贯注、投入忘我的状态——这种状态下，你甚至感觉不到时间的存在，在这件事情完成之后我们会有一种充满能量并且非常满足的感受。其实，当我们在做自己非常喜欢、有挑战并且擅长的事情的时候，就很容易体验到心流，比如运动、阅读，还有工作的时候。坚守有时是一种投入的状态，有时是一种专注的人生态度，还有时是一种信念。如果我们热爱我们的事业、热爱我们的岗位，坚守自然就会带来心流，带来幸福。

又是一个寻常的早晨，我和大女儿坐在一起，我们俩讨论着什么是教育，什么是成长的话题……无论我是母亲还是女职工、或者是妻子，是女儿，是姐妹，我在岗位上，无比幸福。

❧ 中文伴我成长路 ❧

那天在食堂吃饭，坐在旁边的是公司的法律专家——一位我很敬佩的大姐吴红霞。大概是刚和我曾在湘潭工作时的同事聊过天，见到我坐在旁边，便热情地问："你曾经是公司系统最年轻的科级干部吧？听说提拔时不到 25 岁？"这一问，令我心中泛起涟漪。

那是 2002 年 4 月，我甚至不记得经历了什么程序，我就出现在当时的湘潭电业局的干部任命文件上，我被任命为湘潭电业局办公室副主任。随后不久，我坐进了一间宽敞的办公室。记得有一天一推销模样的人员走进我办公室，我当时正背对门整理资料。听那人问道："小姑娘，你们主任在吗？"颇有些顽皮的我看看来人，回答："不在，您有什么事？"那人不屑地对我说："我找你们主任……"那么，我只好如此"打发"走了他。这是我年轻的故事。

我是从企业宣传口转为管理岗位的。我进单位时，很多人跟我说，局里就两个正儿八经学中文出身的，除我以外，另一个是湘大中文系的，还是十年前进来的。单位几乎不招非电力专业的，局里招你进来，你是某某的女儿吧？（听说有个老局长姓刘）也许因为年轻，或者出于天生，主要因为自己是科班的中文生，我无暇顾及种种议论。工作后，就投入无穷无尽的文字中。我在基层实习，写小报道，一有空就写。很快，豆腐块的文字就出现在当时的单位简报上。"新来的大学生真勤快"，这是我最初实习的调度所的同事给我的一致评价。"学中文的就应该写"仿佛是大家的共识，于是所有关于写的工作都变得与我有关似的，做记录、写报道、政研论文、先进材料……2000年4月，湘潭电业局成立宣传中心，我成为"宣传干事"。当时一共4人，主任和3名干事，我们3名干事有大致分工，我是负责文字的。于是，在我们一起进入单位的那批大学生中，我首先进入了机关。既然有了专门的部门和干事，各类文字方面的事情自然更顺理成章地交给我了。由于之前湘大中文系的那位前辈并没有专事文字工作，我这个中文系的干事就显得更专业。我的机遇如此之好，一切重新开始。正因为中文科班出身，领导们在文字问题上对我都十分器重。《莲城电业》——湘潭电业局第一本彩色封面的自办刊物就在我手上创刊。从一开始20几页到后来40页左右，由于没有样板和先例，我有很大的主动权。我把自己对中文的理解和对企业的感情都投入到这本刊物上，因为有了《莲城电业》，我有了固定的练笔和展示空间。两年时间，从2000年5月到2002年4月，每月一刊，我写了几万字、编了几万字，也被文字一直关照着。刊物的内容一部分来自别人投稿，一部分来自我们下基层采访。在完成"规定动作"后，我常常也会写自己的采访感受和人物印象。大概是2000年7月的时候，我写的第一篇人物通讯《夏博士》被当时的《华中电力报》登了大半版，这成为当时湘潭电业局宣传战线口耳相传的新闻。一时间，不是博士的"夏博士"出名了，我也似乎更出名了，很多先进材料都慕名找到了我。"道人善，即是善"，夸人夸得多了，我也从中受益。2000年，湘潭电业局首次开展员工绩效排名。张榜时，我差点流泪，排在第一的是一名即将退休的优秀的老同志，第二名竟然是我——当时机关最年轻的同志。也是2000年，我参加湘潭市"十佳女性"评选，听说这是湘潭市第一次以现场演讲、答辩的形式进行评奖。尽管那时我刚从外地出差回来，皮肤还过敏，准备也不是那样的充分，可是身边的几位大姐不遗余力地鼓励我。当我走上演讲台的那一刻就立刻进入了状态。现在想来，这种评比方式，学中文当然比别人有优势，何况我大学是"学生干部"（学生会的经历也锻炼了我）。最后，通过评委亮分，我居然毫无争议地成为赛场上的湘潭市"十佳女性"。此外，我还获得过湘潭市"十佳团干"的荣誉。演讲、发表文字等等，这些和文字息息相关的经历，一直陪伴着我成长，丰富着我的人生。

以后的故事，是一支笔的故事、键盘的故事，我从办公室副主任到办公室主任，从开始审宣传稿到正式接手起草局长工作报告，之后成为一个 2000 多人单位的年轻的"老"主任，我坚持用写的方式助力我的职业生涯……提携我的一位领导对我有个玩笑般的评价：唱得不如说得好，说得不如写得好。"能写"也让我的办公室工作变得十分单纯。领导们给我足够的空间，让我展示我的"笔力"。我这个办公室主任是"写"出来和"干"出来的，这成了大家的共识。"官二代"的嫌疑被彻底排除了。也因为我的"青年得志"，我常常被作为一个符号、一个标杆。我兼任过团委委员，在青年中有很大的发言权；后来有了单位自己的网页，领导给了我特权。我写的文字可以直接上网，代表局长发声（当然，我坚持给局长审核后再发表）。是文字锻炼了我的思维，也让我"培养"了我们开明的领导们。我尝试不同的表达方式去写人写事评事，他们也一次次肯定我，在湘潭电业局的空间里我通过文字变成了名人。我走进班组，有的一线员工见到我会兴奋地说："终于见到真人了。"

❧ 做个幸福的劳动者 ❧

"光荣属于劳动者，幸福属于劳动者""劳动是一切幸福的源泉"。2020 年 11 月 24 日，在全国劳动模范和先进工作者表彰大会上，习近平总书记这样强调劳动者的光荣和幸福。劳动者因劳动而幸福，我们在追求幸福的过程当中，做个幸福的劳动者。

幸福来自劳动，劳动是一切成就的基础。正因为劳动创造，我们拥有了辉煌的历史。上下五千年，中华民族生生不息，勤劳勇敢的中国人逢山开路，遇水搭桥。因为劳动创造，我们拥有了今天的成就。咱们真的已经实现"可上九天揽月，可下五洋捉鳖""神女应无恙，当惊世界殊"。劳动创造的成果让我们自豪、骄傲和幸福！

幸福生长于我们劳动的环境。崇尚劳动，尊重劳动是社会正道，受到崇高礼遇的劳动模范和先进工作者为我们千万普通劳动者树起价值坐标。他们是"民族的精英、人民的楷模，是共和国的功臣"。他们当中有科技前沿的尖兵，也有我们身边数十年如一日，把平凡的工作做得不平凡的社区工作者。

幸福源于我们自身在创造美丽。"中国梦·劳动美"，在这个最好的时代，我们都是幸福的创造者。劳动最光荣、劳动最美丽，咱们电网人辛勤劳动架设电网，我们向千家万户输送光明，"人民电业为人民"的宗旨得到体现。当电流送到千家万户，那股幸福的温暖必然也随着我们的心流汇集暖心头。

我是一名幸福的工会工作者。我的幸福来自深刻感受我们工会组织是党联系职工群众的桥梁和纽带。坚持党建带工建，我们为职工搭舞台让职工展风采，我们为职工摆擂台让职工秀精彩，我们为职工拓平台让职工更出彩。一次次职工文化成果展示、送文化下基层活动，一场场技能竞赛、技术大比武，一堂堂班组微讲堂、职工大讲堂，还有"三必访、三必贺"、职工周转房和文体设施因地制宜地或建或租，职工诉求中心建设、班组减负等等都是实实在在、想方设法地为职工办实事。我看到劳模先进被表彰时自豪的有获得感的笑容；我看到供电服务职工、产业工人手持"工会会员证"时踏实的有归属感的笑容；我还看到职工在文体设施中挥汗如雨地锻炼时的酣畅的有成就感的笑容……2020年适逢中华全国总工会成立95周年——风风雨雨的95年，风雨兼程的95年，更是风雨无阻的95年，我们工会人的幸福来自更直接、更深入、更贴近工人阶级和广大劳动者，作为桥梁和纽带，我们以服务职工的实效来打动人心、温暖人心、影响人心、赢得人心。

我深切地记得全国劳模夏增明在获评首届"国网工匠"时说过，他从没有想过一个普普通通的技术工人能够登上国家电网公司职工文化成果展示的大舞台，是公司工会的推荐，也是公司工会指导他成立了劳模创新工作室，让他更好地发挥创新钻研带头人的作用。短短几年来，夏增明作为牵头人之一的劳模创新工作室取得了94项国家专利，其中发明专利32项，实用新型专利62项；省部级及以上荣誉42项，发表论文46篇。在国网湖南电力的全国劳模先进事迹报告会上，夏增明再次动情地说，记得2017年初，他作为首届国网工匠参加国网公司职工文化成果展示时，那个节目就叫"出彩国网人"，而他的展示就是现场徒手做一段拉线。当时，接到公司工会的推荐，问他有什么绝活时，他真没想到，做拉线也能登上国家电网的舞台。但他知道了，一点一滴地积累、坚持不懈地钻研和舍我其谁地担当，就会得到公司的认可。把平凡的工作做得不平凡，就能在我们这个时代出彩！

是的，出彩国网人，幸福劳动者。在这个最好的时代，我们把平凡的工作做得不平凡，就能出彩，就能感受幸福。当更多的全国劳模在用平凡的劳动创造精彩，作为一个工会人，我们理当看到幸福当中的平凡与不平凡，做中国特色社会主义工运理论当中的伟大的践行者，幸福的劳动者。我看见，"中国梦·劳动美"的品牌光芒更将我们昂首奋斗的路照耀成一条康庄大道。

❧ 带着梦想去书屋 ❧

翻开朱汉民先生主编的《岳麓书院》，序言的第一句是：每一个读书人心中，都会藏着一个美丽的梦想——有一个安顿精神的读书处。

初春的一个下午，我带上相机，放下尘世，几乎是一路小跑地来到岳麓书院的门口，踏进了那扇"千年学府"的门，就自然地慢下来。后来索性在书院里买来一本《岳麓书院》，坐到书院石阶旁的长廊上慢慢翻开，细细品读。沉浸于书海，此时我似乎听到了时间流动的声音，闻到树芽儿的清香，四周的景色和游人却如蒙太奇般地幻化开去，独留下时光、岁月里的书，还有我。

盛夏，我又来到"惟楚有才，于斯为盛"的岳麓书院。静谧的建筑和树荫让我逃离了火辣辣的日头，我轻轻漫步在书院，继而似乎从脚步中都能够感受自己的心气傲慢。"万物皆下品，唯有读书高"的声音似乎还在书院里孤傲地朗朗传出……

倘若是秋天来，落花有意，流水不见得无情。在只为情调的萧瑟的风里，爱晚亭的枫叶红了。倒也无须在意，寻些书院的奇闻轶事，和三五好友嚼到茶根里。不须评论，淡淡留下些笑，莫出声。

最爱恐怕还在冬日，赫曦台上看日升月落。岳麓书院的冬天是难得有雪的，在一个有阳光的冬日去书院感受冬日的闹中取静。这副长联映入眼帘，"是非审之于己，毁誉听之于人，得失安之于数，陟岳麓峰头，朗月清风，太极悠然可会；君亲恩何以酬，民物命何以立，圣贤道何以传，登赫曦台上，衡云湘水，斯文定有攸归。"不禁感慨，"俱往矣，数风流人物，还看今朝。"

……

岳麓书院就是这样一个梦想的好去处。我四季都想去，而哪能真的常常去呢？于是曾想，我们身边若有岳麓书院一般的地方，累了、烦了、乱了，进去坐坐，让书来荡涤自己的灵魂。或者哪怕是看看专业的书籍，专心致志于解决工作的疑难，探索工作的创新，用心投入绝对是一种快乐的状态；又或者拿出一个观点、找出某个问题，三五人坐而论道，引经据典，让我们的思想交锋、融合，让我们的方法"凑成诸葛亮"，享受分享与相互提升的快乐——读书当真是件乐事。

光阴荏苒。现在，我的同事们，或者并非同事的你，我们每天为生计在奔波，为圆梦而生计。我们离开学校很多年，离开整天有书的日子很久了。我想问，你会不会和我一样偶尔怀念那些读书的日子？还记得当年的图书馆么？还记得学校的英语角么？还有讲座、辩论赛、演讲会、毕业论文答辩，那些值得记忆的时光……如今身为人母，作为家长，担当企业的"白骨精"（白领、骨干、精英），我们忙得呀，难以名状。读书是否变得很奢侈？分享是否很不屑？遇到问题，百度一下；要求交个学习心得，上网去照搬照抄……微博微信里写几个字，丢几个图算是分享；就算是发朋友圈，长篇大论谁看谁听谁理？转个稍长点的链接，为了有人关注，还在前面附上一句："朋友，耐心点，值得一看"。我们曾经在学校受益的读书与分享等等活动，是不是"渐行渐远渐无书"？

幸好有了职工书屋，幸好还有职工书屋。初识职工书屋是我在基层工作时，我无意中走进了单位的职工书屋。那是一个晚上，尽管当时读书的人不多，但那久违的满屋子的书霭时吸引住了我，还有扑面而来的书香仿佛招着手对我表示欢迎。我的公婆都是早年的大学生，退休赋闲来照顾我们。他们得知公司有职工书屋的消息，赶紧"督促"我办了一张借书证。他们紧接着就借起了书。"书非借不能读也"，尽管我家那不大的书房也有满满两墙壁书柜的书，还大多是些自己感兴趣的书，但每次进职工书屋借书都会更添上一份读书的仪式感。

书屋建了自然是希望有更高利用率的。我有一朋友在基层单位分管职工书屋的工作。她爱读书，好读书，经常组织她们单位的读书沙龙，成果发布会等等，我着实欣赏。去过她们单位几次，都被那些充满阳光心态的同事们打动。她们专心工作，也专心读书，书屋的墙上贴着一些留言、建议、金点子，我那朋友都一一在上边用钢笔答复。这些"帖子"和答复虽然不如微信微博传播得广，却多了几分身边人的亲密，更有些清水芙蓉的质朴美。她们还开展班组送书上门、流动书屋角活动，好书在班组间流动，读书要限时，于是就出现了好书抢着读的局面。这位朋友也还有许多设想，比如，在书屋更多地展示职工读书的成果，这些成果除了自己的，也可以秀家人朋友的。成果也不仅限于心得体会，还可以是书法美术摄影作品，抑或是手工艺作品，甚至厨艺园艺等等。还比如，把读书和职工的成长、技能晋级结合起来，让职工也来参与写书、出书，或者成为"书"，大家一起来读典型、读楷模。还比如，结合时代特点、地域特点来读书，伟人故里读毛主席的书，传承毛主席的优秀品质、光荣传统；从"长沙沙水水无沙，常德德山山有德"中来探讨城市的文明创建；从"横空出世，莽昆仑，阅尽人间春色"中去感受中华山水的豪迈。又或者有时仅仅就是读书，朗读，办一场诵读会，去领悟什么叫作"熟读唐诗三百首，不会作诗也会吟。"

建书屋是一种促进读书的形式，读书却不局限于在书屋。书中自有颜如玉，书中自有黄金屋，到书中去，净化心灵，再走出书来，融合了书的智慧的世界更精彩。精彩人生，精彩你我的梦。

一路同行——工会工作标准化建设见闻

2011 年 11 月 29 日，我作为工会工作的一名新兵，有幸参加了 2011 年省电力公司工会工作标准化建设检查。大概一周的时间跑了 6 个单位，说是去检查，对我来说更是一种学习，也是一种感动。这种感动，源于一路的见闻。

"九新"关键在用心

张家界电业局，我们检查组用 9 个"新"来评价该局工会工作标准化建设：技能水平有新提升、读书学习有新体会、创先争优有新荣誉、文体活动有新奖杯、建功立业有新成果、和谐电网有新风尚、民主管理有新渠道、工会自身建设有新标准、员工培训有新举措。其实，这 9 个"新"所涉及的工作几乎囊括了工会全部工作，也是一个企业面貌的全面体现。在张家界这个相对的新单位，有一个爱讲故事和懂养生的老书记刘祖新。刘书记说，张家界工会工作很好开展，大家都是工会会员，工会工作是大家一起做。在短短的大约 1 个小时的交流中，在大家的发言里，刘书记就穿插进好些故事，诸如摄影爱好者送照片进山、饮水思源、人不可贪心等等。茶余饭后，刘书记也时刻能"蹦"出故事来。当然，做人道理也自在其中。"用心是最重要的。我们心里一定要装着员工，才能实在地为员工办实事。"刘祖新喝下一口茶，又讲了句大实话。

从老师到"老师"

"标准化和规范化对基础管理是质的提升。"这是凤滩水电厂大坝观测班班长徐华俊的概括。果不其然，他是老师出身，作为子校老师转行的徐华俊说起员工技能培训如数家珍："一是要好好把握现场，哪里有现场哪里就有我们的培训。国外的设备，员工们要了解它的功能就要看说明书，可是，说明书都是英文，员工记不住那么多英文单词，我告诉他们记内容，结合工作记。二是一定要利用好每月的理论集中培训机会，有理论才有提升。三是要创造氛围。四是要注重效果，要把握劳动竞赛的契机。"从专职教师到兵头将尾的班组长，在徐华俊绘声绘色地说起如何让员工真正在干事中树立自信、找到方向的小故事时，我深深感到他这个"灵魂工程师"的本色。

就在我们的座谈中，会议室外传来了广播体操的音乐。"哦，我们坚持 10 年了。每天 9 点半放音乐，大家自觉做（体操）。"凤滩水电厂老工会主席、现任纪委书记陈道玉说。

"我们有牌子！"

"我们有牌子！"，常德电业局工会副主席龙罡的"德语"颇有韵味。他所说的"牌子"指"常德电业局工会委员会"这块牌子。该局工会主席张俊介绍道，有了"牌子"，工会工作人员责任感更强了，工作的标准化意识更强了。的确，该局自查材料规范、美观，档案资料管理到位等等，令我们耳目一新。同时，在与员工的座谈中，我们也感觉到，工会的牌子不是徒有其名，它让全体会员更有了归属感，也得到了广大员工会员的认可，大家说起工会开展工作的成效差点手舞足蹈起来。"牌子"还让所有工会会员都有了只能"创"不能"砸"的自觉。在他们的言谈中，生活在国家卫生城市、国家园林城市等等这样一种主动融入环境的幸福感溢于言表。幸福它能感动人，而"牌子"它真能起到这样的作用……难怪该局大楼前当天竖着"距离实现安全目标还有 32 天"。"要是员工疗休养指标能进行省际交流就好了。"湘西电业局的工会副主席刘宁娜一直忙前忙后，好不容易坐下来，马上替员工们提了条建议。"现在很多员工别说疗养，就是结婚都得先问问班长，这段时间是否有空。所以，我们应该多为员工想。"座谈会后，刘宁娜又轻声嘀咕了一句。我似乎看见"员工之家"的牌子就安在了这些工会干部的心里。

机关工会专职工会人员特别少，但工作经验很丰富。"比如我们打网球比赛的时候，我们机关工会鞍前马后地又是'红牛'又是巧克力的，我们心理上就有了优势。"2011 年，省公司举办网球邀请赛，机关代表队得了团体第一，他们说这得益于赛场的服务工作，也得益于机关工会组织的兴趣小组的一直活跃。

一路同行，一路同心

"湘电有我，一路同行"是镌刻在灰汤培训部员工心里的话（灰汤培训部对外保留了"湘电温泉"的名称）。"每个员工都把这里当成了自己的家，我们就都是家里的主人，来的都是客，我们用心待客。"灰汤培训部的员工说起自己的"家"颇为自豪。座谈时，大家一起交流听到的和亲身经历的一些有关用心服务的故事。"记得是灰汤培训部一次承办一个大型专业会议，会议要求统一着正装，才从外地赶回的一名部门负责人来不及回家准备着装，于是试着问了灰汤培训部的一名普通员工，这名员工及时为他解决了问题。这件事是我后来才知道的，我至今也还不知道是哪位员工。"灰汤培训部主任宋毅敏说。"我们平等地对待每位员工，想方设法留住人才，通过'服务明星'评选、改善员工宿舍环境等等，让员工们有归属感。因为人少，说实话，无论是干部还是员工，都是相互补台，工作大家一起上，开展活动时也是全员参与，图个热闹。"培训部副主任、工会主席张海燕介绍道。"因为想方设法地为员工考虑，所以员工也就把企业当成了自己的家。"一位部门负责人发言说。"我们都觉得'一路同行'对于我们灰汤（培训部）很贴切，也很贴员工的心！"培训部副主任、工会主席张海燕又向我们强调了一次。"'一路同行'好啊！意味着同甘共苦，同舟共济。"检查组说，"是的，我们一路同行，一路同心。"参加座谈会的员工几乎是齐声应和。

逐梦路上有爱闪亮

　　2017年1月19日晚10点，国网湖南省电力有限公司第二届职工文化成果展示活动结束半小时后，看到"逐梦路上"节目组的微信群中接近沸腾，大家如释重负，更多是欢欣鼓舞。此时的我已经没有做"恶人"的勇气了，在群里发了个红包，并附"大家辛苦啦！"……开车回家的路上，貌似有风，通过微信语音，继续和石导讨论着活动的得与失……在逐梦路上，没有最好，只有更好，这条路仿佛走了很久。

　　活动筹备阶段，我总在喊要"砍"节目、控制时间——这便是"恶人"的由来。活动策划起于2016年8月，也许得益于2016年"朝着梦想出发"主题职工文化成果展示的成功，大家对2017年的展示尤其重视，20多个单位报了28个节目来参选，几个回合的筛选之后，节目数量初定为14备2。最先确定和成型的节目是邵阳公司的《妹不嫁郎嫁哪个》，节目方案确定时，要求这个节目反映公司"两学一做"成效，又要有地方特色。记得钟俊华常常是深夜或清晨和我联系，他们充满激情，对节目的效果也充满信心。1月初的一个周末，节目第四次审查的意见下发后，邵阳城步公司的纪委书记、工会主席刘太平终于忍不住给我打电话，"刘处，同志们都要哭了，11分钟要减到7分钟，我们这是个山歌剧呀！""必须减！"我耐心地听完，耐心地解释，可是依然是毫不留情地要求。俊华事先给我打了"预防针"——演员们确实暂时有情绪。而我其实习惯了，为了节目质量，我会和很多单位打很多电话，为了整个活动的效果，我仿佛练就了"铁石心肠"，做了若干次"恶人"——"叫嚣"不减时间就砍节目。后来听说有的节目是单位领导守在排练现场把时间控制下来的，为此，对大家的理解和支持，我深表感谢！

2017年1月初，我们还在为寻活动场地而绞尽脑汁。其实，在2016年底，我们几乎要确定地点了，可是辗转周折，一直没有定下来，这条路仿佛也走了很久。直到，2017年1月11日，公司领导与五凌公司领导正式会晤，才确定了时间和地点。活动的通知、活动的方案都是连夜出来，李副主席——这位众人心中的"侠哥"，每晚准备离开办公室前都特地过来问我一句，还有什么要他做的么？我会在回家的路上，还不停"折腾"两个承办单位的联系人——庞巍和黄生龙，他们便连夜落实我所发出的种种要求。他们有不同的行事风格，却有共同的乐观性格。庞主席，我称姐，任何时候任何棘手的事，她都告诉我，"没关系，我们来做就是！"黄生龙不知道什么时候得了个"龙亲"的昵称。他身材发福，自称"心宽体胖"，我说他"脸大面子大"。我们和五凌公司、社区、公安、交通、消防、医疗等等不少地方打交道，这都找"龙亲"，遇上问题，他嘴上少不了几句"这事有难度"，但随后他会想方设法落实。此外，我还要和导演组、节目组"亲密"联系，所谓"亲密"，是没有早晚、日夜之分，那是一段"走火入魔"的岁月……

2017年1月19日19点30分，活动的大幕正式拉开。整场活动十分的紧凑，歌舞、朗诵、情景剧连番上场。女主持海零和思燕都感冒了，听到思燕在台上差点哑音，我除了紧张就是担心，希望她们在后台备好了水。男一号主持昱晓越发成熟了，能策出"意大利版胡大姐"让我欣慰……

活动结束，有多少人还在回味当晚的精彩？打开朋友圈，大家都用了"逐梦路上"——这个令我心生感慨的词组。职工文化，以文化人，从"搭舞台、摆擂台、拓平台"到"压担子，摆台子，搭梯子"，这条路越来越立体。当我们为成果摆开一个展示的舞台，我们期待着这个舞台上的光彩。我记得，来自曾国藩故乡的这支职工乐队主唱李珂说，感谢领导给我们一个展示的舞台。我还记得他们跟我说，排练过很多次，但看到舞台如此之大，有点懵。因为第一次把职工乐队搬上舞台，我十分紧张，我总说，这个节目搞不好就拿下。但他们做到了，彼时也想感谢戴钢的坚持。因为担心节目质量，戴钢偶尔还要被我"吼"，但他总是温柔地说"老弟一定搞好"。随之，我又自然想起我身后这一帮文体战线的兄弟姐妹们，有半夜发微信来跟我作检讨的阿杜，他为演员感冒着急而"失言"。我回答，理解万岁。有比我更追求完美的晶晶，"琼姐，我们这节目不比某省差吧？咱们也争取上央视！"有体贴入微的小芳，看着我挺着大肚子，她特意给我捎了皮蛋瘦肉粥搭配青菜，那晚加班很温馨。还有桔桔，听说也和我一样身怀六甲。我喜欢她的文秀而灵动……我想感谢一大堆人，我还真想借"MTV"来感谢和表达感动了。第二天的早上，还是早早醒来，习惯了，从朋友圈又知道"龙亲"一夜坚守撤场，知道好几个单位当晚赶回，去筹备本单位的职工文化成果展示；我想起若干次被我麻烦的向楠，后悔没在节目单背后给他落个名……而更多时候，这些小伙伴们都希望自己能成为单位的代表和骄傲。乐华偷偷"微"我，"节目单上能写上'郴州'吗"……我懂，所以，大型诗朗诵歌舞组合，参与单位达16家。我还"分析"说，谁知道除了主持人，哪些演员在台上待的时间最长么？就是那些我们以为表现最少，实际上却最能坚持的戴"红帽子""红围巾"的和声演员100人。他们没有在节目单上留名。他们和许许多多幕后我们甚至都叫不出名字的贡献者一样，润物无声，春风化雨，这亦是职工文化。我曾说，我们是大海里的一滴水珠，同样参与了文化波涌；我们是蓝天上的一朵白云，也感受到春风化雨的那丝闪电⋯⋯

刚回到家，叶子发来让我审稿的微信⋯⋯于是我马上安排工作，发微信给葛伟，要他连夜整理照片⋯⋯我不自觉地开始反思整个活动当中的不足。当是时，"依法从严治企，精益规范管理"的主基调又在我耳畔响起。反思起来，我希望自己能更细致一些，能反应快一些，或者，事先预计得更充分一些。是啊，在逐梦路上，我们还有许多问题有待解决。

庆幸的是，这条路有大家一起拼搏，一起奋斗。逐梦路上，总有故事，它们是我们的汗水璀璨，是你我的精彩。

❧ 临事而惧 ❧

2020 年 10 月，我作为本部管理人员参加了公司组织的全员安全规程考试。在复习过程当中，看到"临事而惧"一词，颇有感触。

子路曰："子行三军，则谁与？"子曰："暴虎冯河，死而无悔者，吾不与也。"必也临事而惧，好谋而成者也。（《论语·述而》）

这段话的意思是，子路问孔子："您若率领军队，找谁共事？"孔子说："赤手空拳和老虎搏斗，不用船只去渡河，这样死了都不后悔的人，我是不和他共事的。（我共事的人）一定是面临任务便谨慎小心，善于谋略而能完成的人！"

据说，当时是孔子当着子路的面夸颜渊"用之则行，舍之则藏"，身为武夫的子路醋意升腾，心想，颜渊好用，但打起仗来，总不如我吧？于是有"子行三军，则谁与"一问。子路本以为孔子会选他，想借此告诉孔子，他和颜渊是各有所长。但孔子是何许人也？他的回答，第一，既然子路自认为勇力过人，孔子就以"暴虎冯河，死而无悔"为喻，将他的勇力说到极致；第二，子路要把勇和谋孤立来谈，孔子就以"临事而惧，好谋而成"来告诉他"上兵伐谋"的道理。孔子字字教育子路，却不直接批评，现在想想，当时的子路一定是频频点头、心服口服。

正如孔子所教，遇事光有面对困难的勇气是不够的，特别是面对大事要事，若有勇无谋，反而会"死而无悔"。临事而惧，并非胆小，而是尊重规律、尊重权威、尊重对手和尊重自己。做事如打仗，要有勇气，更要有谋略，要有敬畏之心，以敬畏之心寻求规律，想方设法，为解决问题和化解危机创造条件，方能马到功成。

临事而惧是对生命的关爱和尊重。党的十八大以来，习近平总书记对安全生产工作空前重视，指出，要始终把人民生命安全放在首位。各级领导干部对待安全生产一定要有忧患意识和戒惧之心，坚决克服事故"不可避免论"，要经常临事而惧，要有睡不着觉、半夜惊醒的压力，坚持命字在心、严字当头，敢抓敢管、勇于负责，不可有丝毫懈怠。把人民的生命安全放在心头，这是习近平总书记"人民情怀"的流露，是我们党对各级领导管安全的指示和要求。"临事而惧"则是心态和方法的指导，不能"暴虎冯河"，而要化压力为动力，严字当头，敢抓敢管，落实责任，用法治思维和法治手段解决安全生产问题。面对纷繁复杂的安全发展局面，国家电网公司"临事而惧"，提出牢固树立"最根本的是紧盯安全目标、最重要的是落实安全生产责任制、最关键的是及时发现解决各类风险隐患、最要紧的是完善应急体系"的"四个最"意识，坚决守住安全生产"生命线"。

保证安全永远是第一位的大事。"临事而惧，好谋而成"——以忧患意识始终紧盯安全目标、以担当意识坚决扛起安全责任、以防范意识持续消除风险隐患、以备战意识切实提升应急能力——确保安全我们永远在路上。且惧且谋！

✦ 自强成就卓越 ✦

2021 年 4 月 25 日，星期日，是个工作日，是清华大学成立 110 周年校庆日。早上在朋友圈刷到直播，除了满屏的祝福，不时弹出的"我女儿未来的学校""我孩子未来的学校""我儿子四年后的大学"等类似的"家长寄语"把我逗乐了。

因为身边同事正好是清华大学湖南校友会校庆活动的筹备人员，加之习近平总书记亲临清华大学调研，我比往年更多关注清华大学的校庆活动。"自强成就卓越，创新塑造未来"被确定为清华大学 110 周年校庆主题，据说这句话有些故事，有着穿越时空的力量。1914 年，梁启超在清华演讲时寄语清华学子"作中流砥柱"，清华大学的校训也就是从梁启超先生的这次演讲中诞生了：自强不息，厚德载物。一个世纪又十年，清华大学与祖国同命运共成长，习近平总书记指出："清华大学诞生于国家和民族危难之际，成长于国家和民族奋进之中，发展于国家和民族振兴之时。"所以，清华大学才成为时代名校和我们可以预见的世代名校。

我自然也很向往清华，但我之所以被前文所提及的那些"未来清华学子的父母们"逗乐，或许是相比预言或梦想，我更愿意见证眼下的努力——自强成就卓越。机缘巧合，我近期在读康辉的《平均分》；又因为临近世界读书日，我作为"国家电网公司巾帼建功标兵"荣誉获得者为同事推荐图书，"趁机"好好了解了早就向往的《樊锦诗自述：我心归处是敦煌》；也因公司对我的宣传辐射到我的母校长沙理工大学（我就读时是长沙电力学院），母校文学与新闻传播学院邀请我作一次讲座……我的经历和感受告诉我，名校固然是一张名片，但自强才是王道。康辉就读"广院"（现在叫中国传媒大学），以康辉等为代表的众多主持人、媒体人，通过自己的努力与拼搏成为中传的骄傲；樊锦诗是北大的高才生，但在她做出一番成就之前，我至少不知她来自北大；我是当年电力部直属院校的部优毕业生，曾经有人拿我"部优"名号在我毕业于名校的先生面前开玩笑说"不优院校也有部优学生"。意思是，我先生虽是名校生，但别"嘚瑟"。我和我的校友常常为母校越办越好为之振奋，也更希望学校的荣耀有我们一份光彩。所以，作为家长，在感悟110岁生日的清华之威武的同时，希望孩子看到的是清华如何成长、发展、成就，而不是名校的光环和来自名校的压力。

二十多年前，我们在求职信上喜欢写一句：给我一个舞台，还您满眼精彩！清华大学的辉煌以及她与祖国共同成长发展的历程告诉我们：与祖国共进，与时代同行，自强的舞台将无限精彩！

做做 "减法"

2021 年 5 月 28 日，一场科技盛会在北京举行，习近平总书记出席并发表重要讲话。"决不能让科技人员把大量时间花在一些无谓的迎来送往活动上，花在不必要的评审评价活动上，花在形式主义、官僚主义的种种活动上！"习近平总书记在谈到人才问题时的这段话引发了与会代表的强烈共鸣。这段话吹响了为科技工作者"减负"的号角，对我们的生产生活如何做"减法"也颇有指导意义。针对当前我们可能存在的一些问题，在增长知识、增强本领、提升效率的前提下，我们也需要减压、减负、减欲和"减龄"，像孩子一般快乐。

在日新月异的人类社会发展中，"减压""减负"已是社会通识，压力来自咱们奋发图强、力争上游，来自环境变化，来自人们自我承受能力的不同等方方面面。拿孩子教育来说，前不久，央视播放的一部《小舍得》的影视剧把当前教育焦虑以近似"真人秀"的手法加以呈现，一种来自担心"输在起跑线上"的焦虑和参加各种"培优"、各种排名竞赛和升学考试的教育环境让我们压力倍增。《小舍得》揭示出大人的"攀比"心理是造成孩子内心痛苦和教育困境的根源之一。所以，"减压""减负"应从减少攀比开始。我以为减少欲望是减少攀比的良药。

《大学》里说："知止而后有定，定而后能静，静而后能安，安而后能虑，虑而后能得。"减欲望便是"知止"。心学大师王阳明是人生修养减法大师，在他龙场悟道之后，提出了"心外无理""知行合一""致良知"等系列命题，突破名利观、荣辱观、得失观等一系列名缰利锁的捆绑，做到得失可以不计较，荣辱可以不计较，毁誉也可以超越不去在乎，把各种各样的私心杂念减掉，回归自己的本心，达到"定"的境界。

能达到王阳明境界的毕竟是少数，因此，做减法是社会的系统工程，社会多一份淡定，我们也就多一份从容。如今，我们的生活正如那句网络流行语"走得太快了，灵魂跟不上"。所以，减慢生活的速度和节奏或许能让我们的灵魂安定些。当然，灵魂安定还有可以修炼之处，前两天同事的一句"努力做劳模的事，当普通的人"，让我深受启发。

儿童节有幸收到祝福，有一段话我很喜欢："人最好的心态是平静；最好的状态是简单；最好的感觉是自由；最好的心情是童心。"做减法最终就要做到"减龄"，让自己始终有颗童心，感受成长的美好。

❦ 听，信念的声音 ❦

清晨，窗外葱翠空灵，雨滴轻柔地抚着绿叶，微微的风和着鸟叫声一阵阵地飘来。这是鸟儿们"早上好"的问候？一声声婉转，一串串悠扬。循着声看望去，鸟儿翅膀的痕迹划过浩渺的天空，掠过满眼的翠绿。这声音照应着生命，在这声音里，我仿佛能听到花伴着雨悄然开放，我仿佛看见一簇簇的葱茏绿草肆意向上生长……

"柳长柔丝青草芽，随时委化答年华。"如今，看草长莺飞，听风调雨顺是我们这一代中国人的日常。这是 2021 年 6 月下旬的一个早晨，当天我作为主办方代表，正紧锣密鼓地筹措着公司庆祝中国共产党成立 100 周年主题歌会。清晨，我沿着旅馆旁边的湖健步走，遇见晨练的同事们，每个人脸上都洋溢着我感同身受的幸福感。吃早餐时，和一位同事说到困难职工的摸底工作，我们对于"困难都是暂时的"有高度的共识。"何其有幸，生在了新中国"，成长中的孩子也许还暂时难以理解这样的话可以成为他们父母聊天的开场白。虽然，我们也有各种各样的诸如子女升学、交友、就业等等忧虑，可因为祖国的强大，我们没有生存的困扰。我们交流的话题都是怎样让生活越来越美好。我听到，邻桌的同事和我们一样，他们边吃早餐边探讨着，为职工办实事怎么办？"职工志愿者服务队的组建，你们统一了标识么"……

习近平总书记曾说："没有坚定的理想信念，就会在乱云飞渡的复杂环境中迷失方向、在泰山压顶的巨大压力下退缩逃避、在糖衣炮弹的轮番轰炸下缴械投降。"反之，正因为有信念，感党恩，听党话，跟党走，这信念的声音，让我们即便乱云飞渡仍从容……

思索间隙，我看到窗外，雨渐渐大了，鸟儿的叫声依旧一串串宛转悠扬。同事打来电话说，雨大，个别地段暂时封路了。我和同事商量着对策，最后笑着说，说不定他们来的时候就日出东方了……

当天下午，在不温不火的阳光里，在喜庆的氛围里，我们满怀信心和热情地举办了公司庆祝中国共产党成立 100 周年主题歌会。

⚜ 常学常新 ⚜

　　2021年5月，因为工作使然，我特地学习了一个国家电网公司巾帼建功标兵的先进事迹访谈。当她被问到是什么样的力量让她在相对枯燥的岗位上能够坚持十数年如一日时，她的回答是常学常新。通过学习能够使自己不断地接触新事物，正因为常学，她从来没有觉得岗位枯燥，而是充满了未知、充满了挑战。常学常新，多么好的精神力量，多么好的经验分享！通过经常性的学习让我们不断探索未知的世界，通过学习让我们见证自己的努力，通过学习让我们对未来充满希望。

　　"常学常新"，追求的是学无止境。"学而时习之""书读百遍，其义自见""温故而知新"，这些流传千年的学习之道，说的也都是同样的道理——每学习一次，就会感悟多一些、深一些。在这方面，咱们中国共产党的领导人历来以身作则、率先垂范。毛泽东主席曾说，《共产党宣言》他至少读了100遍，每读一次都有新的收获和启发；习近平总书记在农村插队时，坚持白天劳动晚上学习，阅读了古今中外的大量书籍，单《资本论》就反复看了多遍。党的领袖孜孜以求的学习态度、久久为功的治学方法，为我们树立了榜样。

　　常学常新是态度、是方法，也是我们生活方式的一种选择。马克思曾说，任何时候，他也不会满足，越是多读书，就越是深刻地感到不满足，越感到自己知识贫乏。科学是奥妙无穷的，学习和思考更是奥妙无穷。读书的我们或许会有这样的感受。我们读了十几年的书，走上社会后，觉得能用上的知识寥寥无几。但多数经历也告诉我们，读过的书、走过的路、学习的知识或是思考的感悟都会融进我们的大脑和血液。或许在某个时候，哪一句话、哪一个故事、哪一本书就可能改变我们的命运。有人说，只有不断拓宽思想的边界，人生才因此有了高度。所以，人活这辈子，要活到老学到老，唯有学到的知识和脑海里的智慧，是永远属于我们的。常学常思、常悟常新，就会让我们去拓宽思想的边界，去不断挑战人生的高度。

常学常新，让我们快乐更新！

✦ 接纳不完美的你我 ✦

2021 年 9 月 11 日的晚上，我和一帮同事在进行一场关于幸福话题的分享。考虑同事们经过一天的培训有些辛苦，于是在进入正式的话题之前，我用湘方言朗诵《沁园春·雪》来给大家"提神"。由于我之前的些许铺垫和大家不常见的这种方言朗诵形式，当"北国风光，千里冰封，万里雪飘"一出口时，就引发了大家热烈的期待。可由于这首词我已有些时间没朗诵过了，加之用湘音且担心与同词牌名的《沁园春·长沙》混杂，总之就是一走神，当朗诵完这首词的上阕时，在讲台前的我卡壳了。于是，我不慌不忙地凝神收音，确认下阕内容后继续朗诵，直到那句"数风流人物，还看今朝"落定，引发了热烈掌声。等大家渐入话题分享的氛围，我便说，就如我刚才忘词一样，人生总有许多出其不意，接纳自己的"出糗"，接纳自己的不完美，别把自己太当回事，没什么大不了。

但丁曾说，能够使我漂浮于人生的泥沼中而不致陷污的，是我的信心。言为心声，所谓"机智"，不过是长期思考所得观点和心态的应时呈现。我的信心在于学习，在于思考，在于接纳本就不完美的自己，正因为自己的不完美，也就可以接纳世事的不完美和他人努力完善自我的过程当中的一切。生活有的时候，就像泰戈尔的一句诗：天空没留下翅膀的痕迹，但我已飞过。努力过，存在过，也就好了。太纠结于自己的得失荣辱，就容易忘记快乐和幸福。再说了，山外青山楼外楼，强中自有强中手，面对别人的成果、别人的优秀，学习，欣赏，甚至有时仰慕就好。而对于自我的完善，俗话说，谋事在人，成事在天。不成事时，可以思考、总结，但首先是学会接纳，包括出糗、被嘲。林语堂说，人生在世，还不是有时笑笑人家，有时给人家笑笑。古今多少事，都付笑谈中。你若笑与被笑过，便会懂得，世间风雨琳琅，青山依旧在，几度夕阳红。

时值一年一度的中秋临近，此时月半，过得几日要圆了，月圆后又是月缺，看春花秋月，自然想到苏东坡"月有阴晴圆缺，人有悲欢离合"。哲理自古就有，但生活始终是自己来过，好好过！月没星出，东方也终会泛起晨曦。

完成胜于完美——一起学习《向前一步》

杨澜说："向前一步，是一种姿态，更是一种态度。"

作为女性，我们习惯靠后站。为什么？理由太多。但有位女性很认真地分析了原因，然后提出了建议——

Facebook 首席运营官谢丽尔·桑德伯格（Sheryl Sandberg），是全球最成功的女性之一。她是马克·扎克伯格的左膀右臂，具有天生的管理天赋。她是美国薪酬最高的女高管，被美国媒体誉为"硅谷最有影响力女人"。她身居福布斯百强女性榜第 5 名，荣登《时代周刊》封面人物，并被《时代》杂志评为全球最具影响力的人物！

她认为，女性之所以没有勇气跻身领导层，不敢放开脚步追求自己的梦想，更多是出于内在的恐惧与不自信。她在《向前一步》一书中鼓励所有女性，要大胆地"往桌前坐"，主动参与对话与讨论，说出自己的想法。同时，她激励女性勇于接受挑战，满怀热情地追求自己的人生目标，还为女性提出了如下成功密码：一是向前一步，勇敢进取；二是平衡工作与生活；三是拥有更加开放的心态。

《向前一步》诙谐幽默，率直敢言，对各个年龄阶段的女人和男人来说都是一本有意义的读物。

这本书除了前边提到的"成功密码"，还有几个值得我们细细琢磨的建议。我读了很受益，挑几个和大家一起加深学习。

建议一：往桌前坐才有机会。

很多职场女性开会时习惯于坐在外围，作者认为你要想获得同等的重视，首先要学会往桌前坐。这意味着你需要表达和被重视。

有人也许会说，我怕表达不好、讲错话反而让自己丢分，失去更好的机会。机会当然是留给有准备的人的，但首先是要争取机会。我以为，在不违背纪律和规则的前提下，有话说出来，有观点表达出来，会让自己越来越清晰地思考问题。曾有人开玩笑说，什么是开会？开会就是开着开着就会了。用练习者心态去经历人生，在实践中淬炼、历练、磨练自己，入脑入心，勇敢地展示自己、不断地完善自己。

建议二：要成功，也要受欢迎。

2003年，哥伦比亚大学弗兰克·费林教授和纽约大学卡梅隆·安德森教授做了一项实验。他们给人们看一个故事，描述海蒂怎样通过"爽直的个性"以及广泛的社交圈，成为一个成功的企业家。他们给另外一半的人看同样的故事，只不过把海蒂换成了霍华德。随后对读者进行调查，发现人们对海蒂和霍华德的能力评价都一致，但人们都更愿意和霍华德共事，而不愿意接受海蒂的领导。要知道，差别仅仅是因为海蒂是女性的名字，而霍华德是男性。

这个实验告诉我们，男性的成功度与受欢迎度成正比，而对女性来说则成反比。这就是为什么身居高位的女性普遍过得艰难的原因。"铁娘子""内阁中唯一的男人""母鸡阿提拉""老巫婆""穿 Prada 的恶魔"这都是对著名女性的称呼。

所以，女性要首先学会"温柔地坚持"，表达自己的需求；学会让自己的情感有所释放，了解"哭"是一种本领；学会适应"强"这个字。如果你不强也没关系，不要太在意别人如何看你。扎克伯格曾对桑德伯格说："你不可能赢得每个人的欢心。"

我想，作为女性，我们有些起码的、不说让人喜欢但至少可以受欢迎的特点。我们爱美。我们要"温柔地坚持"做个美美的女人，保持良好的身材、选适合自己的服饰。我们要学习让自己保持美的技能，干自己能干且应该干的事。

建议三：走方格架，而不是梯子。

很多人把职场中的晋升想象成梯子，要么往上，要么跌下去。桑德伯格认为："职业生涯是方格架，而不是梯子"。

"方格架"意味着你可以横着走，甚至可以先向下，然后绕过去向上。"方格架"的比喻适用于每个人，尤其是休息一段时间准备重入职场的女性。"方格架"也为我们提供了更宽广的视野，而不是只有顶端的人才能看到最美的风景。在"竖梯"上，大多数攀爬者不得不盯着上面一个人的屁股。而"方格架"可以让我们看到职业生涯的不同面。我们在方格架上可以欣赏更多的风景和人情世态，在实践中闻道、悟道、践道，学以致用，让自己的成长之路变成方格架为基础铺就的一条康庄大道。

当然，成长的路上不能没有目标。桑德伯格建议，设定一个长远目标和 18 个月的阶段性目标。在具体的实践中，怎样完成目标，我建议应用《练习者心态》中提到的"4S"法则，即 simplify（简化），small（细分），short（缩短）和 slow（放慢）。

建议四：坚持就是胜利。

桑德伯格在谷歌的时候怀孕了，她挺着大肚子顶着强烈的妊娠反应继续工作。她说，如果你能够很好地和丈夫沟通，让丈夫也肩负一些家庭的责任，并且学会使用抽乳器，一边怀孕或者一边照顾孩子一边工作是完全可以做到的。

当然，女性面对的问题太多，但根据研究显示，我们压力大多还来自自身。像跑马拉松，跑到后期的时候男性运动员耳边响起的是"加油！坚持下去！"而女性耳边响起的是"你知道你并不是非得这么做！""开始还不错，不过你可能跑不完全程。""家里的孩子需要照顾，你为什么还在跑?"女性应该摒除这种声音的干扰，不要在刚刚驶入高速路时就寻找出口，不要踩刹车，要加速，把脚放在油门上！

那么，我们究竟应该怎样去面对各方的压力？我建议我们用积极心理学的观点来看待和面对压力，就像我们看待风雨一般。有人说，"风风雨雨是常态，风雨无阻是心态，风雨兼程是状态"。我们积极正确地看待人生当中的风风雨雨，发现、发挥它的价值，它就可能是"春夜喜雨"，和风细雨。当然，我们难免也要面对狂风骤雨，这时，我们就改变自己的心态，提升自己的能力，学会在暴风雨里跳舞。

谢丽尔·桑德伯格（Sheryl Sandberg）承认自己是女权主义者。女权主义者是指主张社会、政治、经济、性别平等的人。谢丽尔·桑德伯格写这本《向前一步》，是为创造一个更平等的环境而努力。她说，男女平等的环境不仅能让各种组织和机构更好地运行，也会为所有人带来更大的幸福。

分享《向前一步》是我"向前一步"的方法之一。我以为，教学相长，和大家一起学习是一件快乐的事，三人行则必有我师。所以，我倡导读书和分享，去努力实现"三个人"在我们身上的完美融合：一个为人师表的家庭成员；一个令人尊重的企业职员；一个感受幸福的社会成员。

完成胜于完美。没有人是完美的，但每个人都可以完成去完善自己的过程。所以，向前一步！去完成！去实现。

✦ 并非"千伏"的问题 ✦

听说某企业向上级报送材料，一篇文章中的一个计量单位就写出四种写法来，结果被上级好好地批评了一番——工作不严谨、不细致！

一个计量单位怎么会写出四种写法来？不用惊讶，这在我们中间实在常见，就比如说"千伏（kV）"。这个符号有 2 个字母，大小写一组合不就有四种吗？分别是"KV、kV、kv、Kv"，四种写法。哪个是对的？假设换三个字母组合的单位，比如"千瓦时（kWh）"，字母组合写法还有 8 种呢，哪一个对呢？有人问过这个问题吗？笔者曾经就此专门请教过一位计量专家，规律原来很好掌握。用字母表示单位，表示数量的，"千"及以下，字母用小写，例如"千"用"k"表示，"千"以上用大写，例如"兆"（M）；计量单位是以人名来命名的，就一律是用大写，例如"牛顿""瓦特""安培"，用字母表示分别是 N、W、A；以英文单词缩写来计量的单位，一律小写，例如"米""小时"用字母表示就分别是"m、h"。

掌握了规律，我们就不难知道"千伏"用字母表示，正确的写法是"kV"。根据最新语言文字规范的要求，计量单位应该与文字保持一种语言模式（表格可例外），即在我国文字材料特别是公文中，计量单位用中文表示。您略微细心就会发现，国家电网有限公司下发的文件中，"千伏"只有一个写法。

　　笔者也曾经分析，为何一个"千伏"会写出四种写法？知识面的问题不是关键，关键还是习惯和观念，特别是图省事的习惯，让我们将错就错。因此，我们在很多变电站的标识牌上看到是"KV"。有人发现错了，认为一个单位而已，无伤大雅，改不改无所谓。有人认为要改，但人员和经济力量不足，有的改了有的没改，结果给外行造成了知识的混淆。长久下来，一篇文章中，出现几种写法也就相对"正常"了。但是真理毕竟只有一个，对于"千伏"的写法，从错误到正确只有一个切换键那么简单。然而，从一个坏习惯到一个好习惯，从一种"无所谓"的观念到严谨细致的作风，也许至少需要一代人的努力。

　　知错就改，何不从现在开始！

把"作秀"做成优秀

每逢年底，各种总结、考评、检查纷至沓来。据说，某单位领导下沉生产一线检查，有员工反映："怕领导检查。"且说，领导来检查，员工就要作秀，这种形式主义害死人！该领导马上回应职工：不搞形式主义，把"作秀"做成优秀！

"秀"，是英语"Show"的音译。作秀就引申出表演、演出，展览、宣传和装样子骗人等三层意思。这三层意思，哪个是工作的作秀的含义？我认为取"展览、宣传"为妥，让工作作秀做成优秀，把优秀的工作向领导、上级汇报、展示，也是对本职工作的一种正面宣传。

工作"作秀"秀什么？秀的是我们日常的工作，工作的流程、工作的标准、工作的方式方法和成果。当然，成果是展示、宣传时的重点，我们既然要作秀，就秀出成果、秀出精彩、秀自己最好的一面。如果平日工作就高标准、严要求、善于创新创造，那就不管有没有检查大可作秀，秀日常，日常秀。反之，若是平日工作不认真、工作标准不高、成果不突出，得知要被检查，出于面子的考虑，也会临时抱佛脚，临阵磨枪。作秀多少能促进我们提高认识、改进工作；加之检查时，领导、专家切中肯綮地指导，为我们的日常工作开拓视野，让大家不再当井底之蛙、温水青蛙——作秀或许对工作大有裨益。

如此说来，作秀不如好好秀。怎么秀？一秀工作规范。外行看热闹，内行看门道。我们本职工作内容是什么、标准是怎样，这是我们干好工作的基础。标准要取法其上，必须驾轻就熟、胸有成竹，既要学好，还要干好，且能秀好——"规定动作"要心中有数，秀中有范。二秀工作特色。干工作要有特色。常言道，一流工作树标杆、当典范。干工作要追求人无我有，人有我优，人优我特优。工作特色是创新创造的表现，是工作创优的切入点，是引领行业标准的砝码。秀工作特色是能够显示工作创优的"自选动作"，要画龙点睛、锦上添花。

一直以来，"作秀"一不小心就被"污名化"了。为了防止"作秀"沦为形式主义的代名词。我们各级领导和检查人员更需要以身作则：一是不忘初心，真查真促；检查的是为了促进被检查单位和人员的发展和增效，而不是为难、找碴。所以在各种检查当中，要和被查的单位交底交心。二是学习实践，教学相长。各级管理人员，首先要清楚自己专业领域的标准，要不断加强理论和实践的结合，抱着学习之心到基层一线去看、去查、去学习实践。三是深入群众，问政于民、问需于民、问计于民。要加强专业的调查研究，为企业发展取得第一手资料，就应该和基层一线面对面、手拉手、心贴心。常言道，群众的智慧是无穷的，知民意、察实情才能聚民心、凝民智、汇民力。

习近平总书记曾指出，我们要在危机中育先机、于变局中开新局。对于我们实实在在的劳动者而言，如果"作秀"客观存在，那我们就从展示、宣传的角度去理解"作秀"，把作秀做精彩了，让作秀脚踏实地"做"成优秀。

❧ 防微杜渐 ❧

扁鹊见蔡桓公的故事我们耳熟能详。蔡桓公不听扁鹊谏言，病情从腠理发展至肌肤、肠胃直至骨髓，最后连扁鹊这样的名医也"无奈何也"。故事启示我们，要想避免祸患，就应在发现祸患苗子时，及早防止；如果任其发展，势必酿成大祸，无法挽救。防微杜渐很重要！

防微杜渐出自《后汉书·丁鸿传》："若敕政责躬；杜渐防萌；则凶妖消灭；害除福凑矣。"比喻在坏事情、坏思想萌芽的时候就加以制止，不让它发展。我们身体抱恙时，就要及时吃药治疗就是这个道理。然而，更关键的是我们要增强身体抵抗力，善于防病抗病。对于病痛灾祸，我们更需要及时发现隐患苗头，防微杜渐。

防微杜渐，首先要善查于忽微。在扁鹊见蔡桓公的故事中，扁鹊"立有间"便发现蔡桓公"有疾在腠理"，可见扁鹊医术之高明。关于扁鹊医术的故事还有一则，说是魏文王曾问扁鹊，他们兄弟三人都是医者，谁医术最高明。扁鹊回答："长兄最善，中兄次之，扁鹊最为下。"魏文王奇怪了？那为何你名气最大？扁鹊解释说："长兄治病，是在病情发作之前；中兄治病，是在病情初起之时；而我治病，是在病情最严重之时。"扁鹊长兄之所以最厉害，是能够"治未病"。中医说"未病"不是没有病，而是指身体受邪但还没有明显症状或症状较轻的阶段，高明的医生能发现这些细微的症状，防微杜渐，采用防治手段阻断其发展。由此可见，查于忽微是防微杜渐的关键。

防微杜渐，要有预防的智慧和杜绝的机制。儿童寓言《老虎拔牙》的故事说的是，狐狸每天讨好老虎，给老虎送糖吃，结果老虎的牙全部蛀坏了，疼得只好拔掉，没有牙吃小动物了，只能饿死。现实生活中，我们常常会把一些小隐患不当回事，就如狐狸送给老虎的糖一般，看起来不会对我们的生活造成什么大的影响，殊不知这"糖衣炮弹"会要了自己的性命。海恩法则指出，每一起严重事故的背后，必然有 29 次轻微事故和 300 起未遂先兆以及 1000 起事故隐患。倘若我们 1000 次地忽视隐患，就必然导致严重事故。老虎如果一开始就知道吃糖会坏牙齿而拒绝狐狸，那老虎自然就不会失去他的满口牙齿而导致饿死。

防微杜渐最关键还是我们自己要有防微杜渐的意识和素质。海恩法则强调两点：一是事故的发生是量的累积的结果；二是再好的技术，再完美的规章，在实际操作层面，也无法取代人自身的素质和责任心。所以，防微杜渐最终靠我们人来提升发现隐患的能力、来制定相应的规章和程序，最最关键的是我们自身能成为扁鹊的长兄般的医者。医者仁心，治病于未发。

老子有云："天下大事，必作于细。是以圣人终不为大，故能成其大。"保证我们的安全与健康，国家和民族的安全与健康，对待隐患——防微杜渐。

❦ 说人好话 ❦

好些年前了，才参加工作不久的我有幸和上级单位一位同事一起出差。这位同事年长我几岁，长得十分漂亮，衣着打扮、言行举止也十分大方得体，可想而知，这是趟美差。

果不其然，一路上，同事对我照顾有加。另外，我们出行往来，凡是有这位同事熟人的地方，我们都得到足够的礼遇。这对于初来乍到的我，感觉是栽进了蜜糖罐。于是，有些羡慕、有些向往的我产生一些疑惑：这位同事虽然漂亮但也绝非国色天香，何以得到男女老少的喜欢？终于有一天晚上，我不太记得是一个什么话题引发她打开了"潘多拉魔盒"。她说，快乐的道理很简单：不断发现别人的优点。做人成功的技巧也很简单：背后说人好话。当时，虽然谦虚但毕竟阅世太浅的我没有太在意这个道理和技巧。

直到今天，仍然社会经验不足还不时经历些小挫小折的我会偶尔会回味起"前辈"总结的"经典"。快乐是什么？"士为知己者死，女为悦己者容"。识人、容人、欣赏人，特别是当你觉得人人都有可欣赏之处时，这个世界也会变得更美好。我们常说，人的骨子里总有一份傲气。我们能接受别人往往就不容易了，何况还要为他人付出和取悦，这恐怕就更不容易了。这需要一定的胸襟和阅历。

至于那个技巧，操作起来其实是说易就易，说难也难。首先，什么叫"好话"？不经观察不经理解，给别人胡乱加些褒义词，不但不切实际反而虚伪造作，说不定马屁拍在马蹄上。即使你的初衷并非拍马屁，别人也可能揣度你别有用心。因此，背后说人好话的前提是背后不轻易评价人，尤其是不能说人坏话，背后道人非是最伤人之举。其次，评论人仍然以欣赏人、发现人优点为前提。

　　以上并非世故之道。

　　人活着，环境很重要。赠人玫瑰，手留余香，用心地去理解人包容人欣赏人赞美人，你会变得很快乐。

⚘ 细节决定成败 ⚘

改革开放初期，一个小伙子去应聘，接待人员听完小伙子介绍个人情况后，冷冷地说："你不符合条件。"这时招聘单位的所长进来，小伙子不卑不亢，向所长指出该单位招聘条件不合理，且指着他报名表上 001 的编号说："正因为你们条件苛责，所以报名的人寥寥无几……"所长用眼神向接待人员求证后说："心思够细啊！"小伙子回答："细节决定成败。""凭你这句话接受你的报名！"这是入选国家广电总局"庆祝新中国成立 70 周年推荐播出参考剧目名单"中的重点电视剧《希望的大地》中的经典片段。一句"细节决定成败"改变了一个人的命运，也折射了一个时代的变化。

"泰山不拒细壤，故能成其高；江海不择细流，故能就其深。"所以，大礼不辞小让，细节决定成败。当我们目标明确，方向确定，成长道路上的细节就决定着我们的收获。虽然成长不论成败，但对于我们具体学习任务的完成，大至升学就业、小至一次次的小测考试，注重细节习惯的养成可能影响到人生的重大选择。这些细节比如书写的习惯、检查的习惯，还有思维的习惯等等，看似影响的是一次作业或考试的得分，但合抱之木，生于毫末；九层之台，起于累土，细节形成习惯，习惯养成性格，性格决定命运——细节确实可以决定成败。

亚马孙雨林中的一只蝴蝶扇动一下翅膀，就可能引起地球另一端的剧烈风暴。

　　细节决定成败，一切皆有可能。细节的背后是责任心。工作是积极主动，还是消极应付、粗枝大叶；是细致周到、推诿扯皮，还是主动担当，有能力水平的因素，但更多的是责任心。那些总把粗心当借口或缺乏对细节关注的人，真正的重担是交不到他们手中的。我们常说，经历即财富。那这样的人的财富自然就会少了。

　　让我们努力去关注细节，学会细查、细看、细思、细评，从细节做起，从小事做起，勇敢地向自己挑战，从细节处去更进一步。

第四章

努力去做那束光

一个人最大的人格魅力，是努力活成一束光，照亮别人，也温暖自己。你的格局决定你的高度，你的内涵彰显你的气质，你的温暖或许就在不经意间吸引同频道的人与你同行。

做一束光，逐渐地照亮我们身边的每一处。

❧ 努力去做那束光 ❧

2021 年 6 月初，确诊。母亲罹患癌症，还好，癌细胞没有转移。

因为年龄大，治疗周期相对长，邻床病友换了几轮，乐观的母亲一直是病房里最热闹的娭毑，配合治疗，该吃就吃，该睡就睡。记得母亲手术后从 ICU 病房留观一天回到普通病房，睁开眼见到一名带着党员徽章的护士，就和人家说："你是党员吗？我也是。""您老是党员，就发挥老党员的带动作用哟！""那当然！"母亲很响亮地答应下来。

"不痛，打麻药睡一觉就做完了！"母亲一听说病友即将做手术就义务去做"宣传"，哪床病友什么情况、哪里人她都搞得清清楚楚。有病友做完手术和妈妈抱怨说她骗人，母亲就说："痛是肯定的，但我们不能怕痛，你越怕，就会越感觉痛啊！"正因为如此，医护人员都把妈妈做榜样宣传，"娭毑都七十了，你们还怕什么？"有一次我和姐姐聊到我要为职工办实事，给大龄单身职工当红娘。母亲知道后就到病房里和医护人员打听，收集资源，连陪护人员的情况都摸得门儿清。"那个舞蹈老师的孩子 33 岁，是律师；还有个做生意的……"我坐在她病床边，她拿出个小本子来跟我"汇报"。

化疗是真的不舒服。临近 2021 年 7 月 1 日，母亲这天不大高兴，她说总是让我们陪着她去医院，在医院又要找人照顾她，她觉得她给大家添了太多麻烦……她还想着回老家去参加庆祝建党 100 周年的支部活动，但又不想添更多麻烦。这让她老人家很苦恼。我便和她说："你能够麻烦人，别人以后就不怕麻烦你。我们做子女的，能够被麻烦，说明我们有能力孝敬父母。"邻床的病友说我每天来回跑太辛苦了，我笑着答："天将降大任于斯人也。"母亲也有烦躁的时候，我就说："您就当在医院是度假，再说了，经历即财富。以后可以告诉人家，癌症我也得过了，也没什么大不了。"那天，母亲所在支部的党务联系人打电话来，表示关心并鼓励母亲战胜病魔："您老人家一直就是我们学习的榜样，您有这么孝顺的女儿，也是得益于您优秀的教育和您本身的乐观……"母亲接到电话后，笑得灿烂。

那天得益于母亲的"包打听"，我居然联系上一位二十多年没有过联系的同学，电话那头的同学也特别的高兴，他说，和我联系上那会儿他就给身边的一位朋友介绍我："这是我们学生时代最阳光的姐姐！"我笑着回他："我现在也还是那个阳光姐姐，真高兴能给人带来阳光。"

母亲出院回家后，和家人说："怎么一不小心就变成一个得这么大病的病人。"我知道母亲直到现在坐公交车都会想着给别人让座，于是准备开口劝她宽心，还没等我来得及说，我的女儿说道："外婆，经历即财富，您老人家又丰富了人生经历！"

做一束光，这束光会逐渐地照亮我们身边的每一处。

❧ 向前看 ❧

　　2021 年的"五一"假期过得甚是丰富。第一次经历飞机备降，我记得当时飞机不能降落，大家闹哄哄时，我的大女儿在泰然地做作业。当不少人在责怪空乘人员时，她拉着一位空中小姐姐的手，问空姐要不要吃我们带的蛋糕。当我们终于降落在舟山普陀山机场，两个孩子表现出极大的兴奋，大女儿和我说，真是经历即财富呀！第二天，我们在飞往上海之前，吃到航空公司的补偿午餐，孩子们又说，这是她们吃过的最好吃的盒饭。最终，我们终于平安抵达上海，虽然我们的旅游计划不得不压缩一天，可大女儿说，看我们多幸运，花一趟机票钱，坐两趟飞机，还住一晚酒店……是的，那天上午，我们品尝了舟山的早餐、水果，小女儿小 Q 在酒店对面的小区里的游乐场玩了一会儿，玩得很开心——对我们而言旅游不是目的，更在于经验和感受。

　　在嘉兴，从南湖返回月河客栈的出租车上，司机大伯向我们抱怨嘉兴正在进行的大规模城市建设。作为党员的孩子她爸和我立马开始了思想政治引导，我们说："老师傅，向前看！"当时，我脑海里想到的是国网嘉兴公司同事的艰辛，我们给司机大伯描绘了电缆入地、道路四通八达后图景……短短十几分钟车程，当老师傅也点点头说"是的，向前看"时，我和孩子她爸当时大约感同身受，露出十分欣慰的笑容。

记得大女儿很小时，我就和她讲过"别为打翻的牛奶而哭泣"的故事。后来，她也曾经和我说过她读过的喜欢的一句话——"当暴风雨来临时，学会和风雨共舞"。

阳光总在风雨后，山头斜照却相迎。往前看，莫听穿林打叶声，何妨吟啸且徐行。

❧ 来吧！笑一个 ❧

　　三月是充满春意的时节，也充满朝气、爱和温暖。3 月 5 日是学雷锋纪念日；3 月 8 日是国际劳动妇女节，如今更成为大家所说的充满欢歌笑语的"女神节"；3 月 12 日是植树节，种下希望和春光。还有，3 月 15 日是消费者权益日，这是一个保护消费者的合法权益，引导广大消费者合理、科学消费的日子。此外，一般农历春节过后就进入 3 月，有许多企业、学校和团体在 3 月来计划安排好全年的工作、学业和活动……总之，3 月就和春天联系在一起。一年之计在于春。我们计划点什么呢？播种希望和笑容吧！而且这笑容是迪香式微笑。

　　迪香式微笑得名于法国神经学家 Duchenne（迪香），不同于礼节性的微笑，它的特点是要露出牙齿，微笑时面部肌肉提高，眼周会出现皱纹。它是一种具有特殊魅力和感染力的微笑，会让人越看越喜欢，越看越想笑。著名心理学家达契尔·卡特纳对美国米勒学院 1960 届毕业生的毕业照进行了分析，将照片上学生的表情分成习惯性迪香式的笑、镜头前装的笑、镜头前不笑。30 年后，他回访这些学生，结果发现拥有三种不同表情的学生生活有天壤之别。那些习惯于展现迪香式微笑的学生在 27 岁时结婚的比例高，离婚比例低，自我报告的幸福指数高；那些装笑或者不笑的学生在 30 年后基本上都离了婚的。

微笑的技能和技巧让我们家庭和谐幸福，事业成功发达。所以来吧！笑一个。真诚地笑一个。或许你会疑问，笑什么？没事偷着乐吗？笑春风满面，笑春色满园，笑春雨如酥，笑春机勃勃。笑我们走在新时代的新征程里，春意盎然，春苗茁壮。还笑，我们都可以是当代的活雷锋，在春风春雨中笑容满面地助人为乐！

❋ 槟榔何罪之有 ❋

　　槟榔，长绿乔木，果实可食用，也供药用。槟榔能助消化，又有驱除绦虫的作用，本身当属益果。但，电视台曾曝光湘潭某品牌成品槟榔内有麻矾，这种物质让人上瘾的同时也会毒害人的身体，加之长久以来嚼槟榔会导致口腔癌的说法不断，于是百姓之间戒槟榔之风速起。世间大部分事物如此，物本是客观的，但人看物总是主观的，并且善于为客观的物加些个人情感，可悲或可喜。我这杂谈，也如槟榔。我是说，至少文字是客观的。

　　我先生大学毕业后成为湘潭居民，之后转变为一地道"湘潭人"。我先生一口的江浙口音，被判定为"湘潭人"，是因为他痴迷于湘潭槟榔。在嚼槟榔一族中，他是十足高级的"究脑壳"。我讨厌他嚼槟榔，觉得嚼槟榔龇牙咧嘴形象不佳。此外，过量地嚼槟榔已使他有一口参差不齐的黑牙。再者，有洁癖的我尝尽清扫槟榔渣渍的烦恼。凡此种种原因，让我将督促他戒槟榔列为长期工作之一。在电视台曝光部分槟榔商在槟榔中掺麻矾之前，这项工作非常艰难，但现在终于有了实质性进展，他努力在戒。不是麻矾吓到了我先生，而是孝心所致——我公婆看到这则曝光的新闻在千里之外打电话来采取了眼泪式车轮战并对有监督责任的我发出了严厉的命令。

　　当我先生开始认真地戒槟榔时，我却突然清醒，槟榔为何要戒？槟榔何罪之有？槟榔味甘清新，药用可助消化可治绦虫，就算它符合

"是药三分毒"的理论，槟榔本身也一定利大于弊。但有人说了，嚼槟榔会导致口腔炎症甚至口腔癌、导致齿轮牙；槟榔渣破坏环境；部分槟榔掺有麻矾……这些是槟榔的罪过吗？

嚼槟榔的口腔劳动类似于啃甘蔗嗑瓜子。我们熟知，简易劳动是休闲，劳动过量就会疲劳，口腔与牙齿出现的毛病不是槟榔的错，而是人贪吃的错；槟榔是植物，槟榔渣这种垃圾本身对环保危害不大，而槟榔渣肆意乱扔自然是要影响市容市貌的，影响市容市貌当然也不是槟榔的错，乱吐乱扔的不文明行为才是罪魁祸首；在槟榔中掺麻矾就更不是槟榔的错了，是利欲熏心惹的祸。因此槟榔何罪之有？看来，我们要戒的不是槟榔，而是一些坏习惯、黑心肠。

我们常常如此，当主观失误带来了恶果，人容易忘却物是客观的。很小的时候，走路不小心撞到桌子哇哇大哭，大人马上打一打桌子，"桌子坏，撞到我们宝宝了！"桌子能故意地撞到我们吗？果子狸是非典的病毒源之一，于是大量捕杀果子狸，可即算果子狸从此绝迹，非典之类的传染病就一定会被消灭？还有，劣质奶粉造孽，就是奶粉之过吗？！

❧ 每人可新我 ❧

　　"刘小平每天都是新的"，是职工书法家、篆刻家刘小平在《刘小平书法篆刻》一书封底的一枚印稿文字。

　　我有幸认识这个"每天都是新的"的刘小平，对其"新"深有感触。2020年9月初，进入新的季节，我以"新"讨学于刘小平。刘小平回我："每人可新我。"

　　每人可新我——人人可以自我革新、创新。每个人也可以新的视角、新的眼光去看"我"，对"我"有新的评价、判断。很多时候，因年龄、环境、身份等等诸多因素，我们容易受惯性、惰性的支配，得过且过，停滞不前。可是时光飞逝，一切都在变化发展中，没有人会处于静止当中，也没有人可以不变应万变。于是我们都应思考变，如何变？求新、革新、创新。我们时刻以新的心态、新的状态和新的姿态来迎接、适应新的常态。常尝新、常常新。

　　每人可新我——新是心态、新是状态，也是思考常新的姿态。新是精神上的洗礼、品德上的修炼和思想上的改造。新就新在勤于省身、动态革新，始终保持学习向上的心态，务实求新。如何去求新？转变观念，学思践悟，关键看行动。发展日积月累，每人每天都在"新"。从思想的变化到行动上的践新，从量变到质变，"新"我的同时，也让我"新"了环境，"新"了他人，"新"了未来。

　　不知道刘小平先生是否认可我的解读。刘小平自新且随性，从一点一滴做起，每天习字、每日读书、坚持锻炼身体、日行万步，每时每刻保持学习进取之心，工作认真，生活简单。他劝老人保重身体、陪孩子嬉戏玩耍。刘小平没有太多层级、年龄、辈分等等局限，他轻松地、舒爽地呈现一个真实的自我……

每人可新我，我可新每人。我以为，美言笑纳，意见静听，受得住表扬，挨得起批评，随时可以更新自己的认知。这是我对于"新"的态度。

在日新月异的时代，我希望发挥我的新能量，积聚我的新力量，做一个全新的我。

现在，重新开始，每人每时每刻新我。我是新的，就在此刻！

❧ 掌声响起来 ❧

小学三年级语文教材中有篇课文名叫《掌声》，说的是一个名叫英子的同学因身体有残疾害怕被歧视，所以常常独来独往。而在一次偶然的机会，她终于一瘸一拐地走上讲台，同学们鼓励的掌声让她从此变得活泼开朗。这篇课文告诉我们，掌声可能会改变一个人的命运。

"鼓掌"古称"拊掌"，今谓之"拍手"，是内心激动、兴奋情绪等的外部表现，是一种积极情绪的表达，属于高兴的肢体语言。所谓"情动于中，而形于言；言之不足，故嗟叹之；嗟叹之不足，故咏歌之；歌咏之不足，不知手之舞之足之蹈之也"。在我国，对鼓掌最早的文字记载见于先秦法家代表人物韩非的《韩非子·功名》一文，文曰："人主之患在莫之应，故曰：一手独拍，虽疾无声。"言下之意，两手相拍，才会有声音。所以鼓掌是指两只手互拍，表示认可和赞同的一种肢体反应。鼓掌的标准礼仪为：双手置于胸前，用右手掌轻击左手掌，通常不少于 10 次，表示鼓励或欢迎。掌声的时间越长，就表示越热情越欢迎、欢悦。

鼓掌是一项健康的微运动。俗话说："十指连心。"从解剖学来看，十指的指尖分布了丰富的毛细血管及感觉神经末梢。鼓掌时，通过刺激指尖和手掌，使手部经络和穴位得到刺激，通调全身气血，从而调养心脏。而鼓掌时，通常都是带着欣喜愉悦或帮助、鼓励他人的心情，所以对心理是一种正念引导，也能起到健心的效果。

著名心理学家、清华大学彭凯平教授提出"五施"的概念。"五施"是指言施、眼施、颜施、身施和心施。彭凯平指出，"五施"的广泛应用，能促进整个社会的幸福指数提升。其中，鼓掌就是"身施"的重要方法之一，他指出，当我们鼓掌时，大脑分泌出多巴胺、催产素、内啡肽、血清素都让我们觉得心情振奋。掌声还可以传导欣赏和鼓励，这是人类利他本能的一种体现。梁漱溟在《人心与人生》中说，"自己越是在给别人有所牺牲的时候，心里特别觉得痛快、酣畅。反过来，自己力气不为人家用，似乎应该舒服，其实并不如此，反是心里感觉特别紧缩、闷苦。所以为社会牺牲，是合乎人类生命的自然要求，这个地方可以让我们生活更能有力！"鼓掌花力气不大，但一定会为我们带来痛快、酣畅的感觉。

让健身又健心的掌声响起来吧！掌声会"传染"，授人玫瑰，手留余香，让愉悦之情，感恩之心洋溢进我们的阳光生活。如果感到幸福你就拍拍手！如果你正追求幸福，也请拍拍手！掌声响起来，幸福也将随之而来。

❧ 童心向未来——写在"六一"过后 ❧

"六一"过去多日，大家仿佛长大了，但都还惦记这个节日，大概是因为儿童节有最美好的向往和期待。

在公司承办的湖南省"湘悦读·工力量"之"中国梦·劳动美"主题读书暨劳模工匠"四进"宣讲活动中，有幸与省文联副主席、国家一级作家、著名儿童文学家"笨狼妈妈"汤素兰一起交流，我们谈到"童心"。何谓童心？李贽《童心说》云："夫童心者，绝假纯真，最初一念之本心也。"童心是真诚、单纯、充满希望的心灵。汤老师用《皇帝的新装》故事举例，当所有的人在自欺欺人的时候，戳穿骗子谎言的是一个孩子，是童心让孩子勇敢而真诚。

我们每个人心中都住着一个"孩子"，但愿我们也都真诚地爱着这个"孩子"，因为他是那么的可爱。

他善求知，以童心求未知。"吾生也有涯，而知也无涯"，这个世界有太多的未知。如若我们像孩子一般地充满好奇，对知识充满渴望，保持学习求知的状态，通过增长知识变得自信、获得成长，想想就很美好。在家里，我常常和孩子一起背诵诗词，孩子三五遍便能背记下来，而我往往难以做到。我虽然了解过记忆力的规律，知道孩子更擅长机械记忆。但我想，孩子记忆力好，更因为孩子单纯。他们以求知为目的，制心一处，便把知识记进了心里。孩子是我们的榜样。

孩子很快乐，因为简单而快乐。孩子没有纷繁芜杂的念头，他们不懂就问，不会就说，不开心就哭，开心就笑。关于是非黑白，孩子做对了被点赞，做错了被打屁股，对于孩子而言，没什么大不了。在人类历史长河中，我们不就是个孩子？！所以，我们要保持本真，给自己一个空间，让童心来复。冰心在《寄小读者》中说："我若不是在童心来复的一刹顷拿起笔来，我决不敢以成人烦杂之心，来写这通讯。"冰心的作品中有青翠的树木、整齐得像绿毯一样的麦田、夕阳下放着金光的人工湖……是童心成就了作家，也是童心让我们看到花木山川的美、社会生活的美。

他认真、谨慎、善良。他不会为利益而奔忙，他犹如《笨狼的故事》里的主角笨狼一般，认为金子不值得让他吃不香睡不着。他谨慎，对于不懂的东西，他小心翼翼，不会去瞎指挥或不听劝；人之初，性本善，他内心善良。

童心向未来。相信爱，相信未来世界更精彩。在这个最好的时代，愿你我像孩子般依然追求知识、憧憬未来，依然快乐！

❧ 蟹爪兰 ❧

我捧着一盆蟹爪兰、拖着一些书，就离开了我工作了近十二年的单位。

蟹爪兰，因节径连接形状如螃蟹的副爪而得名，也称蟹爪莲和仙指花，为仙人掌科蟹爪兰属植物。原产巴西，因常常在圣诞节前后开花，因此也称"圣诞仙人掌"，又因其常在茎节上开花，有"锦（颈）上添花"的别名。

我的这盆蟹爪兰是一名素不相识的小导游捧进我的办公室的。

有一次，我们一群朋友自驾游，中间有一晚住在宁乡电力温泉宾馆。入夜，我突然接到一个电话，一个素昧平生的小姑娘就像我的熟人一般跟我说，让我帮她把落在我们入住宾馆的东西带回湘潭。小姑娘的"指示"让我觉得好笑，但我又因为自己被莫名地信任而感到有些许高兴。过了几天，我回到湘潭，小姑娘如约来到我办公室来取她遗落的物品。令我惊讶的是，这名当初颇显冒失的小姑娘并不像我想象得那般大大咧咧、冒冒失失，而是十分用心地带来一盆植物并附上自己的名片——某旅行社导游。她拿到东西，并很简洁地致谢后就离开了。这盆植物便是之后在我办公室一直陪伴我的蟹爪兰，至今已经三四过去了。尽管它常常被我遗忘，甚至一度因为缺水几乎全部匍匐在花盆上，但只要给它些许水和阳光，它总能迎着冬日或初春的阳光开出灿烂的紫红色花朵。

我曾经并不认识蟹爪兰，是它连续几年默默无闻、无怨无悔地待在我的身边并坚持开花，让我逐渐很想知道它的名字。近期才打听确切了，打听确切时，又觉得我和蟹爪兰确实有缘。蟹爪兰不是娇贵的花，虽说栽培环境要求半阴、湿润；夏季要避免烈日暴晒和雨淋，冬季要求温暖和光照充足等，而我的办公室恰恰都具备这些条件。我常常让它在办公室的某个角落露出一点绿色。偶尔想起它时，我就把它放上窗台。不管是高温的盛夏，还是冷冽的严冬，任凭外界酷暑难耐、冰霜雨雪，它就乖乖地待在我办公室的某个角落，匍匐在花盆上，仿佛就睡着了。当我想到去给它浇水时，天气过了夏日也过了冬日，它又伸展开肢体，我以为是我救活了它。几年下来，我们渐渐有了默契，完全不需要事先相互了解。

　　我和蟹爪兰的相处是如此，和我的环境和我的朋友亲人也常常如此。我们相互按照自己的轨迹存在着，有自己的生存哲学和道理，互相或多或少地关照着，出于偶然也出于性情的必然，也许有时还因为一份坚守，让爱和缘分有了意义。

✤ 百合合心 ✤

记忆中的百合是寓意代表百年好合的花和在粥里喝到的药膳，而自从近期接触到鲜百合，便爱上了它，入胃入心。

据《神农本草经》记载："百合，味甘、平、无毒。治邪气腹胀。心痛，利大小便，补中益气。生山谷。"鲜百合是百合花的鳞茎，白白嫩嫩，甜甜脆脆，那甜是清爽的甘甜，就连我那一吃甜就牙疼的老妈也颇喜欢百合的味道。百合是药，这是我的常识。前些日子有些肺热上火，晚饭后便从冰箱里摸出几个百合，洗净了剥开来吃，几片下去便感觉嗓子清爽了许多，也不咳了。

百合是美好的事物，千百年来，世人对百合花一直是十分喜爱的。西方常常用来形容美丽的姑娘和心上人。"我的佳偶在女子中，好像百合花在荆棘内。"（《圣经·雅歌》）西方人爱花，被誉为最浪漫国度的法国则将百合花作为国花。据说百合原产中国，其名称就是因鳞茎由近百块白色鳞片层环抱而成，状如莲花，取"百年好合"之意命名。我们内敛实在的中国人似乎更看重百合的药食两用，也有些地方习俗是在新人大吉之日炖上一锅百合粥，寓意百年好合。

吃鲜百合实际是有一点费事的，先要把百合剥开，要逐片轻轻撕开，百合上有一层薄膜，清洗起来略感黏黏的，不少瓣尖上还有一点焦黑需要去除，着实要费些工夫。但就在这费工夫当中，又仿佛没有心思去想其他事，单记得百合和百合的美好寓意。张仲景的《伤寒杂病论》中记载了一种以百合命名的疾病："意欲食，复不能食；常默然，欲卧不能卧，欲行不能行……"据医生研究发现，"百合病"是抑郁症的一种类型。失眠、胸闷、烦躁、疲劳等症状又恰是百合可解，张仲景在《金匮要略》中记载了百合知母汤等经方。这恰是"百合病"还须百合医。

我以为，了解百合的寓意更利于百合发挥医病的作用。其实，日常生活中，爱百合食百合者又哪会有心病呢？我们在生活中多些对百合之类事物的观赏和品味，调整心性，百合合心，心和百合。

❧ 宣纸皖性 ❧

宣纸，因原产于安徽宣城而得名。听一位安徽籍的朋友说起安徽的名人，我随口插话说道，安徽人性格要找一种物品来指代，宣纸是否合适？对啊！这位朋友马上肯定了我的联想，并且概括：安徽人性格正如宣纸，包容而不张扬，内敛而不失热情，且经得起时间考验……

印象中，能记起、算了解的安徽人是大学同窗并同寝室四年的孙倩。她是亳州人，个子不高，长得圆胖可爱，活泼而不张扬，特别好学善思，成绩很好，也学得活。她很爱看书，而且是偏向于大部头的那种，包括理论性很强的，她也能"啃"。所以，她的学识应该是十分扎实的。虽然同窗四年，但因种种原因，与她接触倒并不是很深，不过相处的时光是愉快的。回想起她是安徽人，又突然想到徽商，因为留在记忆里和孙倩相处的几个片段，就有孙倩代购的映像，有卖过包、卖过书等等，"生意"做得精明而显道义。

宣纸是我国独有的优秀民族工艺之一，是安徽人的骄傲。根据有关记载，宣纸具有"韧而能润、光而不滑、洁白稠密、纹理纯净、搓折无损、润墨性强"等特点，并有独特的渗透、润滑性能；再加上耐老化、不变色，少虫蛀，寿命长，故有"纸中之王、千年寿纸"的誉称。宣纸的闻名始于唐代，唐书画评论家张彦远所著《历代名画记》里写道："好事家宜置宣纸百幅，用法蜡之，以备摹写。"说明唐代已把宣纸用于书画了。另据《旧唐书》记载，天宝二年（743年），江西、四川、皖南、浙东都产纸进贡，而宣城郡纸尤为精美。可见宣纸在当时已冠于各地。南唐后主李煜，曾亲自监制"澄心堂"纸，说是宣纸中的珍品，它肤如卵膜，坚洁如玉，细薄光润，冠于一时。

习字或作画者不用查阅资料，就能深切感受宣纸的特点。先是看和触，宣纸"轻似蝉翼白如雪，抖似细绸不闻声"。再者，作为书画载体，一旦下笔，你就会感受到宣纸（一般用生宣）很强的湿染性、艰涩性和吸墨性。正是因为宣纸这几个特点，在宣纸上书画要有所成是格外艰难的，非有一定功力，作品是难以和宣纸契合的。这不正是和皖人交道的感受？皖人最初很容易接触，可是要深交却不那么容易，至少推进会需要时日，可是一旦真正融合，皖人的大度包容是让人称奇的。这些感受，从《红顶商人胡雪岩》中应该都能找到依据。其实，单从宣纸的产生，就能联想到皖人的性格。传说，东汉安帝建光元年（121年）蔡伦死后，他的弟子孔丹在皖南以造纸为业。孔丹很想造出一种世上最好的纸，为师傅画像修谱以表怀念之情，但年复一年难以如愿。一天，孔丹偶见一棵古老的青檀树倒在溪边。由于终年日晒水洗，树皮已腐烂变白，露出一缕缕修长洁净的纤维，孔丹取之造纸，经过反复试验，终于造出一种质地绝妙的纸来，这便是后来有名的宣纸。宣纸中有一种名叫"四尺丹"的，就是为了纪念孔丹，一直流传至今，足见皖人感恩且坚韧、执着的性格。

把宣纸和安徽人联系，还因为安徽那似乎往外溢却又收敛得恰到好处的文化气息。从古至今，安徽人就与政治和文学结下了不解之缘，涌现出三曹父子、陈独秀和胡适等名人。久负盛名的徽商也多是亦商亦文之辈，不管发了多大的财，心中念念不忘的还是求个雅名，多以文人自居。安徽桐城派古文开一代文风，至今桐城仍流行一句妇孺皆知的俗语："穷不丢书，富不丢猪。"有朋友说，安徽人有身兼南北的特点。安徽的确既出商人也出学者，安徽学者豪气十足，敢质疑陈说，敢开风气，所以文学革命由两个安徽人（胡适、陈独秀）启其肇端也在情理之中，第一个华人诺贝尔奖得主杨振宁便是安徽合肥人也。

　　和一位安徽籍的朋友打过交道后，我有了探讨"宣纸皖性"的想法，无意去琢磨人，只是茶余饭后来证实自己的"敏锐"，这就颇有湖南人的性格了。不过，随着社会交流的增多，性格和文化的融合让我们根本没法"琢磨"清楚人。而国人自是喜爱总结的，毛泽东曾说过，我哪有什么本事？不过是靠总结经验吃饭的。出于此，带着欣赏去评说，顺便长长见识，未尝不是一件乐事。

　　"宣纸皖性"，"皖"为"美好"之意，我是喜爱宣纸的。

❧ 城市之美 ❧

一

晚上快 9 点了，肚子开始觉得饿，于是下楼去找吃的。我的家就在大学附近，很容易找到还热闹着的小店。出了小区没走几步，就近看到一家小米粉店，伙计老板就一个人。我凑近问："还有吃的吗？"老板边揭开罩着一些碗盆的大笊篱示意我看，边很热情地说："有米粉有面条有炒饭有炒粉，有牛肉、牛杂、排骨、香菇肉丝、酸菜……"我觉得有些受宠若惊了，于是要了一碗清淡点的香菇肉丝米粉。"不爱吃辣椒吧？我给你热点排骨汤。稍等！"老板见我说普通话，便也用方言味挺重的普通话回应我。他很麻利地把一个小高压锅架到煤气灶上，开大了火。一两分钟的光景后，老板从锅里给我舀了一大勺汤，还特意拣了两块带肉的小骨头，"吃这个好。"他熟练地下好粉，帮我端过来时还顺便帮忙烫好了筷子。我吃着热腾腾的米粉和美味的排骨汤……这时，又来了一个学生模样的男孩要了一碗蛋炒饭。老板像招呼我一样又热情的招待一番。就在我吃米粉的几分钟，有两三个客人陆续得到老板的热情接待。吃完付账，老板找钱时，又来了客人，老板一边招呼，一边把找我的零钱整理齐，然后用双手递给我。他双手递钱的举动是那么的专业和真诚，犹如一丝暖流拂过我的心间，让我感到阵阵温暖。

二

雨一直下，感觉整个人都要发霉了。没有时间、更没有适合上街购物的天气，可有些日用品是必须买的，于是常常网上"淘宝"，接快递也就成了家常便饭。最近新房装修，小家具、小家电也干脆网上买，为了省运费有时就在一个网店里把可以买的买齐，于是收快递常常也是一大包。

这天同样还是下雨天，快下班时接到快递电话。"您好！打扰您了，是刘女士吗？我是送快递的，请问今天方便给您送快递吗？"我回答可以。"那我大概20分钟可以到，辛苦您到时下楼接一下。"大约过了20分钟，电话又来了，"女士，我这稍微有点堵车，可能还要5分钟，耽误您下班了。您还能等我一会吗？"我回答可以。过了5分钟，我看到快递员的小车了，我猜想最大的一包就是我的。"您是刘女士吧？"大概是快递员的直觉告诉他我就是收货人。"对不起让您久等了。有点堵车……您的车在哪，我帮您搬到车里还是送到您办公室？"他指着那包最大的箱子说，"箱子不重，您买的是什么，是不是需要拆开看看？""应该是灯吧！"我买的东西太多，常常要看到东西才想起自己买了什么。"那我帮您打开看看吧，放心，看完我会帮您封好的。"我看着披着雨衣有些窘迫的他迟疑了一下。"别把您的东西打湿了，我把车停一下，我们到没有雨的地方去拆吧。""不用拆了。"我觉得快递员冒雨送就实在有点不容易了。"您还是看看放心些，没关系，很快的。"这时快递员已经帮我把东西搬到了屋檐下，然后开始用随身带的刀片帮我拆包裹了。虽然他动作很熟练，但大概是雨衣碍手，刀片划到了他的手上，小口子马上渗出血来。"算了算了，别打开了。"我有点吓到了。"马上就打开了。"他却全然没意识到自己的手被划伤了，仍然娴熟地开着包裹，很快我就看到了我买的东西，都完好无损。"你的手出血了！""哦，习惯了……您看了东西没问题我就帮您封好了，您看是放车上还是我帮您搬上去。"他从口袋里掏出一张纸巾擦了擦手上的血，又就着这张纸裹了下手指，就准备帮我搬东西。"不重，我自己搬吧。你还是找块创可贴吧。""下雨，东西大也不好搬，我帮您搬吧，反正今天我就只送您的了。"

　　快递员帮我把东西送到车上后就骑着送货的小车钻进了茫茫车海，渐渐远了。我开着车也进入车流，我看见在雨里指挥交通的警察，我看见牵着孩子过马路的行人，我看见路边的商家亮着璀璨的灯，我看着这城市的热闹与温馨……

❖ 不是梦，快点！——我看《盗梦空间》❖

　　不少影评都说，《盗梦空间》是大导演克里斯托弗·诺兰继《蝙蝠侠前传2：黑暗骑士》后再次给我们带来的惊喜，它带观众游走于梦境与现实之间，被定义为"发生在意识结构内的当代动作科幻片"。影片全球公映后，十分卖座。我是受一个十分博学多才的同学推荐而迫不及待走进电影院去看这部被热捧的大片的。幸好，结论同样是，值得一看。但不同于大众欣赏大明星演技和感慨故事构思的精巧与导演技术的精湛，"孤独的我"所关注的是《盗梦空间》究竟要告诉我们什么？这种"告诉"有时也许会是导演潜意识的。

　　《盗梦空间》又名《奠基》。英文名是《Inception》，直译是"（机构、组织等的）开端，创始，开始，初期。"我不知道单词"Inception"与《盗梦空间》从字面上有何直接联系？《奠基》略可理解。从中国的电影推广者而言，也许这两种翻译就只是为了推广电影。之所以觉得《奠基》略好理解，是从影片"植入想法"所联想到的——"有想法"是一切事物开始的基础。这也是我认为电影的主题所在——思路决定出路。尽管我的认识"土得掉渣"，但我认为这或可指导我们的为人处世。要决定或者说改变一件事物的发展方向，或者说改变一个人，非得从思想开始处"奠基"——植入想法。事情只有想好了，才能做好。

　　植入想法不是朝夕之间的事。《盗梦空间》以梦境的时间长于现实时间来证实这个客观真理。在电影《盗梦空间》中，梦境时间要比现实时间慢一些，其间存在一种"缩放比例效应"。当你的梦境中出现梦境，时间就会流逝得更缓慢。现实生活中的 5 分钟时间，在梦境中相当于 1 个小时，在"梦中梦"中，则相当于 1 个星期的时间。而到梦的第三个层次，是一年。影片中的盗梦者曾计划在梦里待十年——现实生活是一趟悉尼飞往美国的十小时航班时间。但由于意外（渡边谦饰演的"盗梦买家"齐藤的意外致命受伤）出现，影片从第一个梦的层次开始就出现了和梦借时间的情况，因此，梦境不断深入；深入的直接诱因就是——时间、宝贵的时间、救命的时间。这或许是《盗梦空间》电影中的精华之处，但在现实生活中，研究人员并没有足够的证据证实其合理性和真实性——我们的时间只能是一分一秒地过。

思路决定出路。时间可以解决一切，包括奠定思想，但我们往往最缺时间，现实如此。这是我看《盗梦空间》最大的感受。也许因为自己缺时间，感觉到紧迫，我才从梦中醒来，让那个图腾——陀螺不再转动，在现实中把握现在每分每秒。曾经和朋友用短信聊天，她说看我那么忙，十分心疼我。我仔细品味她的颇具哲理短信，其中有句是：忙人时间最多。

❧ 还有桂花香 ❧

每年农历八月的清晨和日暮，都能感受到隐约飘来的桂花香，这无疑也是一种享受。

我从前并不大喜欢和接受桂花。桂花的金色，让我容易把她和"铜臭"联系起来，还有桂花那浓香。总之，我觉得桂花并不"洋气"。"平庸""俗气"是我对其最早的印象。真正了解桂花是十几年前的事，那年，我协助我所在公司的领导去选择公司成立三十周年的纪念树。经专业人士引荐，我们在苗圃和森林里寻访各种树。或许是缘分，我三番五次地遇见了桂花树，不由得细细打量起她们来。通常来说，桂花树长得很"和谐"——枝繁叶茂而又总体团聚，整个树冠通常呈半圆形或椭圆形。桂花树的枝叶绝不肆意旁出、扭捏作态、招摇过市。如果拿红楼梦中的人物来类比，她们大致都是"薛宝钗"型。大概是关注多了，似乎周围就总有桂花树。常说"八月桂花香"（这个"八月"应是指农历），这年还未进入阳历八月，我每天晨跑时就隐约嗅到桂花香，直到农历八月也过去好一阵，我还偶尔要感慨于桂花香。有时并未发现树在哪，只是风里有淡淡桂花香，这对心境是一种滋补，便想感谢这种香味儿，于是"还有桂花香"就钻进脑子好一阵。记录她，也是一种感恩的方式。

桂花的金色缘于她并不张扬的小碎黄花，小花碎而密，常常簇拥成团。花开得饱满、结实的小碎花每一颗都是耐看的，花瓣再小也灵动水嫩，花蕊短细，淡黄色的花朵一簇一簇地开满枝头，远远望去煞是好看。桂花树为常绿阔叶乔木，高可达 15 米，树冠可覆盖 400 平方米，桂花实生苗有明显的主根，根系发达深长。桂花树叶面光滑，革质，近轴面暗亮绿色，远轴面色较淡。我想正是这样常年的根深叶茂、郁郁葱葱、绿得含蓄深沉所以才让飘香的桂花簇拥成团、繁密而和谐、不乱不急不挤。一般而言，花叶喜好非阴即阳，但桂花树开花时常常是分布均匀的，所以无论吹东西南北风，香味儿都是随风四溢的。

宋之问的《灵隐寺》诗中有"桂子月中落，天香云外飘"；李白在《咏桂》诗中则有"安知南山桂，绿叶垂芳根。清阴亦可托，何惜树君园"。据说唐宋以后，桂花在我国广为栽种，难怪我常常闻到桂花香，或许只是我接受桂花晚了。幸好，还有桂花香。

⚜ 画扇窗户 ⚜

2020 年 5 月 8 日，著名画家黄永玉的妻子张梅溪和黄永玉永远地分别了，但他们那些传奇色彩的相亲相爱的故事不会随张梅溪消逝。

有个故事大概许多人都知道，在那些风雨飘摇的岁月里，黄老一家人曾被赶进一间狭小的房子（京新巷"芥末"故居），四壁连一扇窗户都没有，光线很差。张梅溪的身体本来就弱，加上这一打击就病倒了。黄永玉心急如焚，请医生治了也不见好，他灵机一动，在房子墙上画了一个两米多宽的大窗子，窗外是绚丽的花草，还有明亮的太阳，顿时满屋生辉。据说，张梅溪享受着这窗户带来的"阳光"，病情竟逐渐好转。"画饼充饥"我们知道，画窗能治病怕也只有黄永玉了。他能画窗是因为心中有扇窗，有绚丽的花草和明亮的太阳。黄永玉说他从前"也不懂"，直到耄耋之年才总结，艺术应该"又有用又好看"。是啊，他用艺术画了窗户而并非画了金银财宝。这才是真艺术，好看而有用。但关键是黄永玉画了这扇窗户。

黄永玉说，他没什么爱好。之前《时尚先生》杂志有一篇访谈文章，说他爱盖房子、收集烟斗、养狗和开红色跑车。我想，这即便真是黄老说的，也一定是在开玩笑。后来，黄老果真说，这些都不是真的，他独爱画画。

画画是他的技艺、工作与生活方式。然而，他不知为何爱画画，他曾说："我不干活，就好像对不起这一天三餐饭一样。"黄永玉大概没工夫考虑画画的意义，也许想起要考虑时，他已经在画了。当然我也只是推测。黄老是潇洒之人，比如为了省事就改名，把"裕"改为"玉"。又比如黄老谈起年轻时穷过，采访人问："那时候穷，但是快乐吗？"黄老没有进入"规则"的回答，只说："也不懂，人啊，我不懂得意义，我感觉应该这么活，活着才好"。黄老是快乐的，所谓快乐，就是不去想是否快乐，而是及时解决问题，然后再往前看——太阳总还是会从东方升起。黄老曾经被鞭子抽得遍体鳞伤，妻子在哭，他却说："老婆啊，不要哭。"

现在我们常常思考什么是快乐？什么又是幸福？还有艺术，艺术或者是饱暖后才思的"欲"，等到琢磨清楚了，"都错过了"，连黄老也说自己是"都错过了"。我倒不认为黄老真错过了，说"错过了"，大概不过是越发知道时间的宝贵和对生命深度与广度的不满足了。他说，没满意过自己的画。但黄老也就嘴上说说，谁不知道人生总有错过和遗憾？就当他返老还童，童言无忌。快乐是当时的，幸福也是正当时的。与其在忧郁房子的阴暗，不如即刻动手画扇窗户。

96 岁的黄永玉给妻子张梅溪手书了讣告，帮他独宠了 75 年的妻向世界告别。但愿他心里的那扇窗户还依旧敞开着。

❧ 老鹰抓小鸡 ❧

　　"老鹰抓小鸡"是我小时候常常玩的一种游戏。记得那时的课间，老师或者两个稍大一些的孩子分别扮老鹰和母鸡，也有通过石头、剪刀、布选出"老鹰"和"母鸡"的，其余孩子则扮作小鸡依次排成一队相牵着后衣襟（尾）在母鸡身后，"老鹰"站在"母鸡"对面，做出扑抓小鸡状。游戏的规则是老鹰要捉母鸡身后的小鸡，母鸡则要想方设法保护小鸡，而小鸡要随着母鸡的保护相应躲避老鹰而"惊恐"地左右躲闪。一旦小鸡被老鹰抓光了，游戏就结束了。我不大记得我是如何接触到"老鹰抓小鸡"这个游戏的，想来定是因为它简单易于组织，又能使我们锻炼身心而在当年大肆流行。

　　2013 年春节，我们一家人参加了一个小团队休闲游。在等候导游办手续的时间，我和先生组织起"老鹰抓小鸡"的游戏，但令我惊讶的是，来自 11 个家庭的 4—10 岁左右的小孩们竟然对此显得茫然和消极。许多孩子根本不知道如何玩"老鹰抓小鸡"。他们所知道的是手机里的 N 多游戏，靠眼睛去看，手指去触点，他们说着"下载"和"I WIN！"。同行的团队队员们，除了参与旅游目的地的活动，其他时间都低着头，比如坐车、候车的时段，大人们通过手机上网或者发短信、听音乐，而孩子们几乎人手一台平板电脑在玩游戏或者美其名曰"学知识"。

　　我拿着我手上的手机发呆。渐渐地，视线有些模糊，我俨然看到一张张网连接着我们，我们是这张网的生物但又硬生生地被分隔着……这张网既"物理"联通着路，又"化学"阻隔着沟通。这时候，我看着孩子们手上的 ipad，突然十分怀念乔布斯，希望他穿越回来，带着我们玩老鹰抓小鸡。希望他和我们、和孩子们说，如果他创设的 ipad 占去了孩子们亲近自然的时间，他宁愿没有 ipad。

"妈妈，我想玩 ipad。嗯，不，你陪我玩老鹰抓小鸡吧！"突然跑过来的女儿的话令我会心一笑。

✤ 绿草红花 ✤

偶然翻开某单位工会的一本交流读物，是五月刊，翻到卷首语，乍一看，卷首语好"嫩"啊。"五月来了，小草绿得……"具体的文字记不清了，大体就是草绿了、树绿了、花红了，山青了之类吧，二三百字的卷首语，应该没有什么小学生不认得的字和词，初看也就仿佛像篇小学一二年级的作文……因为当时手头接到任务，我也就放下了书。可是这么些天来，我却总忘不了这篇小文留给我的纯净感受——原来卷首语可以写得如此直白和简单。五月，草就是绿了，花就是开了，山里泉水响起了叮咚声……每个人都可以有这些简单的感观，当我们只是用纯净的心去看世界时，草就是绿的，花就是红的。我们何苦必须要让花不止是红的呢？

一个有圆月的晚上，和远道而来的姐姐一起领着孩子们到了公园。一进公园，孩子们就被意料之外的游乐设施给"吸"去了。看着玩得开心的孩子，我问一句，"L，开心吗？""开心！"孩子们畅快地大喊。可我随后一句话令自己至今惭愧甚至于恶心，"好，开心，今天就回家写日记。"当老师的姐姐居然也似乎是得到我的提醒，马上对外甥女说："是啊，这是多好的日记题材！晴晴回家要写日记。"记得之前聊天时姐姐告诉我外甥女的日记连续十天最后一句话都是"今天好开心啊"，我想这不能怪晴晴吧，也许她真的开心吧？但令人担心的是她会不会以为"开心"是一种模式或者任务。一年级的孩子大多不知道为什么要写日记，如果我们告诉她可以用日记的方式来记录自己想记录的，也许她就不会连续十天都只是写"开心"吧？我以为，孩子应有自己的选择和快乐，她可以选择记或者不记日记，这样，写日记就不会成为任务。我们可以引导孩子记下所想所思，却不应该为了记日记去思考和"开心"。唯独这样，我们才能永远地看到绿的草和红的花。

女子本难养——偶翻《论语》心得

子曰："唯女子与小人为难养也，近之则不孙，远之则怨。"——《论语·阳货》

这句话如何翻译总是被争论，有人译为：孔子说，只有女人和小人是难以同他们相处的，亲近了，他会无礼；疏远了，他们则怨恨。同意这种翻译的还往往把它当作孔夫子轻视女性的罪证，说孔夫子说错了。维护孔夫子圣人形象的人，则把孔子的母亲和妻子都搬出来说，孔子早年丧父，其母将其养大，孔子妻子贤良淑德。因此，孔子无论如何都不会轻视甚至于去说女子的恶言，此处"女子"应译为"汝子"，是当面训斥学生的话。凡此种种，听说，由此关于孔子是非的争论还能做出博士论文来，真是开了眼界。

其实，对于只是寻求读书乐趣者而言，这句话如何翻译又有何大碍？记言者有心，读书者有脑。一千个读者就有一千个哈姆雷特。何况，众所周知，《论语》是儒家学派的经典著作之一，由孔子的弟子及其再传弟子编撰而成。它以语录体为主，记录了孔子及其弟子言行。既然是言行的记录，就难免出现记录者的笔误。再说了，夫子毕竟是人，不是神，是人就有喜怒哀乐，就会感叹，而感叹总是感性多于理性的。我们不知道两千五百多年前的某个黄昏，夫子是不是刚跟夫人拌过嘴，还是刚跟小人闹了矛盾，心情或有些不爽，顺口就说了这么句话；也不知道孔子是想以当时社会地位低下的女子来讽刺小人，还是想以他最憎恨的小人来挖苦女子。反正 2500 多年后我们读到这句话时，或许可以想象夫子 2500 年前那个尴尬无奈的表情，彼时的孔老夫子，那样亲切有人情味。当然，以上观点纯属想象，并不表示我就赞成了"女子和小人难相处"的释义。

又有人说了，孔子弟子记载孔子的言行，必然是选择认为可以流传、有益于治世的来记载了，如果当时不是"金科玉律"，自然不会流传下来。我认为《论语》自然不是一气呵成的，孔子或有记日子的习惯，说句怨艾的话也记下了是正常的。倘若这话是弟子记下的，对于孔子的弟子，老师怎么都是对的。我们对老师的崇拜是有传统的，比如曾有人赞子贡的才华时说，"子贡贤于仲尼（即孔子）"。按常理说，子贡听到这话会觉得高兴，谁知他很气愤，认为说这话的人是水平不够。他打了个比方，说这人只看见自己矮墙中的"室家之好"却不能看到夫子数仞高墙后的"宗庙之美"。

回到"女子难养"上来吧，不管是"女子"还是"汝子"，近之则不孙（逊，谦逊，守礼），远之则怨。人与人相处，太近了，容易看到缺点，距离产生美；但如果相隔太远，又或许会因为缺乏交流、不了解而产生抱怨和误会。所以，人与人相处，自然需要一定距离和适时的沟通的——这权且算我这个"世故之人"读《论语》"唯女子与小人为难养也"的心得之一吧。

❧ 是女如春 ❧

走过四季，还仍然想念春天。

春天和女人大可联系到一起，比如，春天天气多变，而女人也情愫善变；又比如，春天总湿漉漉的，女人也容易泡在眼泪里。可以说，春天是多愁善感的女人，女人是善良多情的春天。

我有个朋友，和我年纪相仿，是个超级"白骨精"（白领、骨干、精英）。我们和她约会，她或者因为忙，又或者真是健忘，若干次"爽约"。事后，她居然会不记得我们约过……

相比热情开放的她，与她一起相处，一贯热闹的我反倒显得"矜持"了。比如我们两人约会，我常常是被约的，而后来又往往是被莫名其妙"放鸽子"的。

因为习惯了，又或者出于不得已的"理解"，每次被爽约后，我懒得特意联系去指责她，而事后过了好些天她又会突然来约。当我无意顺便说起"上次"时，她会大拍脑门说："哦，怎么会？我连那种骗人的半夜深更打的电话都会回过去的……"总之，渐渐我就习惯了，我说，她是个真女人，而且是个春华浪漫颇显稚纯的春天女人。

偶尔约会，她会告诉我什么叫"蓝颜知己"。那年，她孩子7岁了，她会很认真地找我探讨，杂志上"ML"（make love）是什么。她还会特意打电话来说，在我的影响下买了花，她家的宝贝儿子如何养花……其实，相比频繁的见面，我或许更爱停留在我们这种偶尔的记忆。这不，这周我又被她"预约"了。有过被她爽约的经历，被预约后我已经准备好被她爽约了。正当我在习惯"静静"等她变卦且不打招呼时，一大清早收到她的短讯"临时出差，活动改下周"。我嘴角一翘，淡淡一笑，觉得"错怪"了她。其实也没几次约会，何况总是她来约的，自然是很不情愿主动爽约的。回想起来，我从来也没有怪过她，就如她一如既往地诚恳约我一样，只是在某个春天的有雨的早上，她突然成了我的想念和笔触。

朦朦胧胧的春雨，一如既往地下着，像女人怀中那细细绵延着的心思。撑开一把伞，在伞下躲雨赏春，伸出手迎接那细雨，就像捧着女人那份娇嫩的稚气。

❧ 笑唱人生 ❧

前几日，遇到久未谋面的一位同事。我称呼"某总"时，他热情回应我一个童趣式的夸张的弯腰摆头微笑——虽大大出乎我的意料，却全然没有违和感。我深知其在专业领域和岗位的权威以及他平日的严肃，便有些许得意，或许是我习惯的"童言无忌"和朗朗大笑对他产生了影响。

记得大一时，选修的一门教育心理学公开课，老师给我们举例，一个每天都充满笑容的性格外向的人能让一个不苟言笑的人最终受到感染并回应微笑。日本医学博士、作家江本胜在《水知道答案》中讲述他的实验结果：听到"爱"与"感谢"，水结晶呈现完整美丽的六角形；被骂作"混蛋"的水几乎不能形成结晶。可见，世间的万事万物都相信美好，喜欢美好。我们坚持微笑，我们面对的人和事便也善对我们。马克·吐温曾说，人类确有一件有效武器，那就是笑。卡耐基也曾说，笑是人类的特权。

如何去笑？泰戈尔说，当你微笑时，世界爱了他；当他大笑时，世界便怕了他。我以为，要用心去笑。用心去笑是相信笑的力量。无心时也笑，哪怕傻笑也是好的。"夫子莞尔而笑"，圣人遇到乐事也会微笑着回应："割鸡焉用牛刀！"。前些日子，一位本地著名的相声老师指导学生演讲与朗诵时和我提到，他们把舞台表现都叫"唱"，而唱讲究节奏和气息。我后来加入自己的理解，添了个"情感"，且总结自己的心得——人这一生都讲究"唱"，任何一件事都离不开情感、节奏和气息的把握。所以，人生如歌，微笑去唱。

"唱"人生当中，更重在这口气的把握。俗话说，人活一口气。对于一件事而言，价值取向即情感把握和音律节奏通常都有共识，那么如何去吞吐，去展示个人表达，把气息运用好。我认为莞尔一笑最佳，但并非人人都能做夫子，即便一时做不了夫子，也要笑"唱"人生，微笑甚好，大笑也罢。

❧ 顺人而不失己 ❧

"唯至人乃能游于世而不僻，顺人而不失己。"

——《庄子·外物》

　　庄子，名周，战国时期宋国人，是战国中期道家学派代表人物，与老子并称"老庄"。庄子倡导安时处顺，逍遥自得，以养生避害。"顺人而不失己"正是庄子核心思想在处世方面的体现，虽然历史翻过2000多年，如此修身养性对我们仍有指导作用。

　　如何做到顺人？庄子以为"以道观之，物无贵贱"。那么我们就不妨敞开胸怀，接纳万物，进而欣赏万物，赏之"天地有大美而不言"。因为欣赏，所以容易接受、感受他人的好，便能与他人"顺"而不僻。"安化安不化"，对外界不挑剔，安然与变化相顺应，顺势而为，伺机而动。总之，不纠结于外物。

　　如何做到不失己？我认为要做到"外化而内不化"，坚持自己的真诚、本色，努力修炼"内不化"，内心就不会再有得失成败的忧虑了。道德修养极为高尚的人方才能够混迹于世而不出现邪僻，顺随于众人之中却不会失却自己的真性。我想，不失己，应首先有自己，做自己，树立自己的目标，认清自己的能力，才能让自己自信、自尊、自强、自立地处于风雨之中而寂然不动，或于惊涛骇浪之时而处变不惊、化危为机、游刃有余。

联想到咱们中国应对新冠疫情的做法，正是体现了一个"顺人而不失己"的大国担当。2020 年年初，为防止新冠疫情的扩散，1100万武汉人民的移动轨迹暂停了 76 天。全国各地医护人员火速驰援湖北，与病毒展开了一场惊天动地的大决战，为全球疫情防控赢得了时间，积累了经验。而对于当前正在世界各地肆虐的疫情，咱们中国站在全球人类命运共同体的高度，积极提供中国经验和开展多方援助，顺时顺势而为。

不论是国家还是个人，我们处世都要先从大局出发，做到"外化"，再修炼"内不化"。于外，顺其自然，而内心从不脱离自己的信仰、目标、梦想和追求。外化显担当，内化提素质，以责任统一内外，犹如范仲淹所云："居庙堂之高，则忧其民，处江湖之远，则忧其君。"在其位谋其政，正因范仲淹为心忧天下，才能做到自我的"不以物喜，不以己悲。"

"顺人而不失己"，于个人而言，要加强修养，将我们所学的知识转化成道理，提升为能力，以良好的心态，悦人悦世，顺人顺势，对他人和外界事物关心而不担心，帮人而不管人，欣赏不占有，请求不要求。我们常常以"顺利"为祝福语，我以为，所谓"顺利"就是顺天时地利人和，不失自我既定的目标和方向，优雅自如地前行。

❧ 说说《夺冠》 ❧

　　《夺冠》终于上映了。影片讲述了中国女排在 1981 年首夺世界冠军到 2019 年拿下第十个世界冠军的历史，诠释了几代女排人历经浮沉却始终不屈不挠、不断拼搏的传奇经历。

　　《夺冠》很值得一看。2008 年 8 月 15 日，北京奥运会女排比赛，中国 VS 美国。戴着金丝框眼镜的郎平坐在美国队教练席上，大气沉稳，目光如电；中国队教练陈忠和站在场边。全神贯注、面带笑容。陈忠和望向郎平，目光充满深意，不断经过的人影遮蔽了他的视线，中国女排三十余年的沉浮图景被缓缓打开……影片成功塑造了袁伟明、陈忠和、郎平等几代中国女排教练的屏幕形象，细腻地表现了几代中国排球女将的艰辛付出和心路历程，更有对郎平真实、果敢气质的展现。而最值称道的是，影片全面再现全民的爱国情怀：机场服务人员送行的热情、现场观众的声嘶力竭、电视屏幕前密集如织的人海。1981 年那场胜利之后的举着火把和国旗庆祝胜利的青春人潮——我们夺冠了。网上有人说，《夺冠》的片名不如《中国女排》。我不以为然，中国女排的夺冠、特别是 2016 年重新夺冠，是中华民族崛起的象征，是中国人的夺冠，所以我更喜欢《夺冠》这个片名。

　　《夺冠》很好看。名导演、名演员自然不会徒有虚名，而使它好看的根本原因是故事本身，影片很出彩地艺术再现了中国排球改革的经过。郎平用实效证明了改革创新选择的正确。

我喜欢《夺冠》的客观。影片较为真实地刻画了中国女排各个阶段教练和队员的形象和心理。其中，陈忠和的形象在影片当中尤其丰满。作为曾经的中国女排教练，陈忠和没能把这支队伍带上巅峰。但这又有什么关系呢？这并非是一个成王败寇的故事。这是一个开放的中国、包罗万象的时代！我们在这个时代实现每个人的精彩夺冠——做更好的自己！

❧ "我"是谁？走着瞧 ❧

　　著名学者、华中科技大学哲学系教授邓晓芒在他的著作《哲学起步》的发布访谈中提到：我是谁？我要搞清我是谁，必须要等着瞧。

　　"我是谁，等着瞧"是基于每个人对自己的了解是一个过程，而且是一个可以无限深入的过程。邓晓芒指出，要搞清楚我是谁，关键看我怎么做。笔者理解，"我"处于社会当中，"我"是他人的镜像，他人的变化、认知时刻影响着"我"这个概念。所以"我是谁"难以盖棺定论，或许只能靠历史评说了。既然"我是谁"要"等着瞧"，那就边走边瞧吧。所以，我是谁？咱走着瞧。

　　"走着瞧"是指用发展的眼光去看待自己和他人。常言道，"士别三日，当刮目相看"。当年，孙权对吕蒙说："你现在当权掌管事务，不可以不学习！"吕蒙听了孙权的劝，后来让鲁肃刮目相看。如此说来，走着瞧，最需要学习。老子言，"朴散则为器"。意思是，一个人不学习，不动脑，就可能成为他人的工具。君子不器。我们自然不想成为别人的工具。所以，走着瞧，是边学边瞧，边瞧边学。

　　"走着瞧"关键在于走的状态。我是谁？为什么要走着瞧？那是因为我需要慢慢做出一个我是谁的方向。我可以暂时不知道我将来会是谁，会成为什么样的人。但是我知道我现在是谁。有人说，无数个现在，就构成了将来。所以，走着瞧，我要走好脚下的每一步，把握好当下"我是谁"。

我是谁？我也不是谁。走着瞧还要勇敢地放下自我，孔子曰："毋意、毋必、毋固、毋我。"我们在走的过程中，不凭空猜测，不坚持己见，不顽固拘泥，不自我膨胀。孔子这么大的学问，他老人家尚能"吾日三省吾身"，我们在走的过程中，便需要不断反思，努力去做更好的谁。

　　我是谁，走着瞧吧。信念告诉我的人生没有比脚更长的道路，没有比人更高的山峰。不管我是谁，路在脚下，朝着地平线稳稳地走吧！

✦ 亲密关系 ✦

一年一度的七夕即将到了，无论是公司系统还是别的公司都忙着利用这个节日组织牵手活动，期待着更多单身职工构建亲密关系。

当我正在琢磨如何组织七夕活动时，接到先生的电话："刚接到通知，要参加调考。"我说："你这一把年纪还去参加考试?"然后，两个人又贫上了。我们不仅是夫妻还是同事，我们夫妻间的话题常常是工作。而又因为工作岗位性质不同，我们也各自保持着对工作的尊重，不当说则不说。

母亲前一次手术伤口恢复不好，医生会诊后建议再对伤口进行一次处理，需要进手术室，要全麻，母亲自己不想做。我和先生商量，先生说听医生的。我姐姐赶过来询问了几位医生后，感觉医生的意见不一致，姐姐便犹豫了。后来，先生就问我的意见，我说我之前都在手术同意书上签字了，感觉好有压力。我们是用微信在交流，先生回我一个字，做。彼时的"简单粗暴"很让我有依靠。

我的大女儿偶尔会带着几分自豪似的和同学说我是"不靠谱"的家长，作业让签字看也不看就签，班级家长群里通知常常忘记看，所以她不得不自己又当家长又当娃。我还"不靠谱"的是，不仅不帮她的忙，还偶尔给她安排些帮我审片把关的任务。我说，这叫"忙人的孩子早当家"。我呢，工作早出晚归，看书、写字、晒娃，偶尔做家务，我们一家人会不定期地通过各种方式交流，如此，我始终觉得和家人很亲密。

我和闺蜜，可以很多年不见，但见面时就像昨天才分别似的，照样有话说。我姐姐是一名光荣的人民教师，或许是当中学老师的缘故，总是保持着那份青春激情，和我也有聊不完的话，但我们又相互心疼，相互照顾和支持。比如母亲生病了，她心疼我，利用假期千里迢迢赶来守在母亲病床前。

回头来思考我眼下关注的问题。为单身职工构建什么样的亲密关系？亲密，顾名思义，亲近密切。克里斯多夫·孟的《亲密关系》这本书中的亲密关系主要是谈夫妻关系。亲密关系是什么样的关系呢？我和我的亲朋闺蜜的解读是，先做好自己。在此基础上，相互理解，互相成全，共同努力营造幸福。有人说，真正幸福的人生状态，是无所依附的状态。如同《亲密关系》的译者张德芬老师她那句最有名的话"亲爱的，外边没有别人，只有你自己。"只有自己足够优秀，才能追求更高层次的亲密关系。

当然，亲密关系是需要去追求的。据说，当年杨绛在不确定钱钟书的心意时，曾给钱钟书写过只有一个"怂"字的信，钱钟书也就回了一个字"您"。意思是只把杨绛你放心上。用心成为懂得爱的人，亲密的关系首先是有爱的关系。

❧ 知书达礼 ❧

　　2021 年 7 月的一个周末，家里来了些客人探望生病的母亲。中午我安排在最近的酒店接待他们，大女儿参加周末兴趣班后和外甥女相约早早过去了，随后母亲和婆婆陪着客人们也去了酒店。当天人很多，我定了两桌，考虑主桌由长辈坐。当我到酒店包厢时，看到大女儿和外甥女分别坐在了主桌的主人和主宾的位置，几位和我同辈分的年轻人也都是顺次坐在了主桌，没有给步缓的长辈留座。于是我边教训边喊话，让已经开始吃水果和喝餐前茶的大女儿和外甥女换到了靠门边的座位。两孩子最初颇有些不快，说我不重视她们等等。同辈的弟妹们见我教育孩子，也意识到自己的不妥，等长辈到场时及时地调整了座位……

　　常言道，知书方能达礼。所谓知书达礼，是形容人有教养，通事理、懂礼仪。现如今，孩子们视野广、学识博，"知书"不在话下。可是现在的我们把孩子看得重，捧在手里怕摔了，含在口里怕化了，"表里如一"地和孩子做朋友，还生怕有代沟，难沟通。于是，孩子们没大没小没规没矩的现象被习以为常。"自家人，那么多客套干吗？"是我们对孩子不懂礼数最常用的"客套话"。

　　子不教，父之过。好的教养，是社会影响、家庭教育、学校教育和个人修养的结果。我认为，"自家人"更需要用社会眼光来看，孩子的教育应随时随地重引导。"老吾老以及人之老，幼吾幼以及人之幼"，和自家人讲"客套"才符合社会套路。知书更需要达礼，这个礼不需要书和文凭来显摆，而是体现在根植入内心的修养和底蕴，是无需提醒的自觉，是以约束为前提的自由，是为他人着想的善良！知书还需达礼。讲理性、善思考，才能做一个更全面的人。所谓礼多人不怪，讲礼貌守规矩的孩子在社会上的路会走得更宽广。

我一边进电梯一边反思，一个七八岁年纪的小孩看我若有所思而忘记按电梯，提醒道："阿姨，您到几楼?"我愣了一下，然后欣慰地回应他。他的笑容灿烂如暖阳。

✤ 适当留白 ✤

我有一师兄在某报刊任编辑部主任，去年一次偶然机会结识后，师兄和我约了一篇稿件。我性子急，历来怕被催稿，所以问了时间就匆匆写完交稿了，后来我见自己稿件没有在预期时间发，便十分"谦虚"地请教师兄要如何修改。师兄大抵因为忙，并未详说，只回复："写得空灵一点。"近日，师兄终于催稿了，我开始琢磨"空灵"。打开自己文章来看，发现原来确实"文如其人"——一点也不空灵！这是一篇记叙文，我用了一千八百字十分紧凑地记述了自己入党的经过，虽然往事历历在目，但文章缺少拓展空间、想象空间、思考空间。我终于静心思考要如何去改？师兄的话让我顿悟一般，朝着空灵的方向，适当留白。

留白是中国艺术作品创作中常见的一种手法，指书画艺术制作中为使整个作品画面、章法更为协调精美而有意留下相应的空白，留有想象的空间。留白，是书画的艺术手法，更是人生的圆满之道。庄子云："虚室生白，吉祥止止。"意思是只有空的房间才会显得敞亮，如果房间里堆满了东西，光线就透不进去。林语堂曾说："看到秋天的云彩，原来生命别太拥挤，得空点。"人的心好比房子或天空，把心里的杂物和垃圾清走，让布满天空的阴云渐渐散开，心才会敞亮，天空才会明朗。

留白并非空白，而是生活有致后，在适当的空白空间里，韵味无限。因此，留白不只是书画的艺术，也是人生的艺术。与人交往，应有留白，保持合理的距离，君子之交淡如水。自己的时空，也适当留白。如此，即算行到水穷处，亦可坐看云起时。

留白与空灵是从平面到立体的升华。空灵指文学艺术作品中所呈现的飘逸灵动的艺术境界与风格。我们或许可以先从生活的某一方面做到留白，当我们深谙留白的妙处，或许自然就会追求空灵。

我开始动手修改我的文章，我也开始修正我忙碌紧凑的心境。"1995 年 9 月下旬，校园里法国梧桐的叶子⋯⋯""那是 1996 年的春天，一个暖和的上午，柔柔软软的阳光给樟树的绿叶再抹上一层嫩嫩的油光，在图书馆前的一树青翠欲滴的水杉的斑驳光影中⋯⋯"随着思绪的展开，回忆中我徐徐地看到了当年的景色，嗅到当年的花草芬芳。

✤ 修炼有趣 ✤

有趣，区别于哗众取宠，有时甚至曲高和寡。就犹如"吃饭"的话题，如此平常，而钱钟书既可以把它和结婚、世俗相联系，也可拿柏拉图、古罗马诗人波西蔼斯以及作家拉柏莱的经典来佐证。他在文章《吃饭》中写道："把饭给自己有饭吃的人吃，那是请饭；自己有饭可吃而去吃人家的饭，那是赏面子。"

前些日子，我组织公司几位职工艺术家去给一资深跨界大咖或说"斜杠大佬"站台，当然也是去欣赏书画艺术。当天，不知怎的，一桩往事让大家都提到一位很有特点的朋友。平时少言寡语的刘小平一时兴起，他绘声绘色、旁征博引地给我们讲这位朋友的故事。刘小平在谈论那位朋友时，引用钱钟书《吃饭》当中的那段话，话说当时是用来提醒那些随意组局不顾"赏面子"人感受的人。听小平讲故事，大家都笑得前俯后仰。我笑小平是个"脱离低级趣味的人"。不过，小平有趣是无疑的，能够随时拉出钱钟书这等有趣的人来说故事的人，当然有趣，而且，小平的有趣是修炼而来的。了解的人都知道，刘小平4岁开始研习书法，25岁获得西泠印社篆刻金奖……如今，他年近花甲，"孤傲"是他基本认领的"缺点"。在艺术上，他不服输、不懈怠。孤傲的他，工作退居二线，但在职工书画艺术方面，他每天在书画工作室会待上10个小时以上，不唯上、不巴结"权贵"，但，凡有职工向他请教书画艺术，他诲人不倦。

著名美学家朱光潜说，有趣的灵魂都有静气。领略趣味的能力固然一半由于天资，一半也由于修养。刘小平讲故事能把大伙儿逗得乐不可支。我们说，刘小平善于说梗。这"梗"找到了大家的共鸣共通之处。刘小平靠才华靠感受、也靠博闻靠修炼。我以为，朱光潜说的静气指心界的空灵，而非物界的沉寂。当然，物界也不可能沉寂。故小隐隐于山，大隐隐于市。在闹市中修为，以心灵之空灵观物界喧嚣，查其规律，品其有趣，"半亩方塘一鉴开，天光云影共徘徊。问渠哪得清如许？为有源头活水来。"这源头活水便是这番景致的有趣。

"好看的皮囊千篇一律，有趣的灵魂万里挑一"，为这有趣，为这万里挑一，不妨修炼。

❧ 找点麻烦 ❧

　　一个普通的周末，我忙碌地准备《道德经说什么》的读书分享PPT。这"麻烦"是我自找的，人家本是"慕名"邀请我给他们讲我比较成熟的课件，但我提议大伙儿一起做读书分享，我就作为一名读者参与。这不，现成的课件不用，自己开始琢磨起很有些年头没太倒腾的PPT。麻烦自然是麻烦些，但感觉特别有收获。能让自己反复地去琢磨一本书，把书读进去，还真要感谢读书分享活动。许多年前，我组织读书活动，在繁忙的工作之余坚持读书分享。得益于领导的支持，我带着团队巡回宣讲，一周至少分享一本书。短短一两个月，我读书并分享了《论语》《道德经》《谁动了我的奶酪》《细节决定成败》《西游记中的管理哲学》《小故事大道理》《心灵七游戏》《孩子你真棒》等等至今还在影响自己的书。比如《小故事大道理》里提到一个秀才进京赶考做梦不同的解读得到不同的情绪与结果的故事，现在我把它用在我的课件中来解读"情绪ABC"理论。通过读国学讲国学，我总结了"以论语的精神积极入世；以中庸的方法和谐处世；以老子的境界超然阅世"的心得，来指导自己的工作和生活，并影响到我能影响的人。

　　我深深感悟"教学相长"互相成长的乐趣。至今还特别感谢我的一名高中同学，她叫李怡，因父母工作原因，她和我们成了短暂的同学。我本来是理工科小白，可能是因为我们曾经同桌关系，所以她总是问我数理化的问题。出于天生的乐于助人，我"被迫"思考和解答她的提问，长此以往，她拯救了我的高考数学。

我的母亲仿佛天生就特别怕给别人添麻烦，什么事都尽量亲力亲为。前些日子她老人家生病了，许多事情难以自己完成，便总把"给你们添麻烦了"挂在嘴上。我和姐姐便说，感谢您老人家麻烦我们，不然我们会少很多经历和增长能力的机会。我们并非是为了宽老人家的心才这么说，这也是我们的共识。母亲住院期间我们给老人请了一个陪护，母亲总是不心安。陪护和她说："如果您光给钱不让我们做事我们倒心不安了，这是社会分工细化的表现。有些业态就是麻烦出来的，比如理财师、配菜员等等。大家要都不请陪护，我们就失业了，所以不要怕找麻烦。"

当然，"麻烦"不能乱找，不是利用人性，欺软怕硬。找"麻烦"是遵循社会规律下的"顺其自然"，有所为亦有所不为，尽其所能然后思其不能，要相信他人能，社会能。

❦ 在你身旁 ❦

　　"我必须是你近旁的一株木棉，作为树的形象和你站在一起。"

——题记

　　和《太阳树》相识的具体日期记不清了，或许不需要去记，虽是萍水相逢，也可能是终身相依。

　　"罗老师喊你写稿"大概会是许多和《太阳树》建立缘分的人的共同记忆。一次罗勇智老师突然给我发信息说："你把朋友圈的随笔发给我，我给你发到《太阳树》。"于是，本来只是自己放在朋友圈的记录文字就不得不好好修改成看起来也还规整的文章投稿。"你的随笔整个十篇左右一起给我，我给你发个专题。"于是，赶紧又码上几篇"凑数"，让随笔有了系统思考的方向。"你女儿的文章写得不错，投几篇给我看看。"于是，十分感激地把孩子的墨迹录进电脑，在《太阳树》下观照孩子的成长。有位诗人朋友说罗老师总把他当"备胎"，比如罗老师曾经给他打电话约稿说："我这里还差八十行诗，你今晚给我咯。"于是，诗人朋友搜寻往日佳作，两个小时便交了稿。故事从他那听来的，自然是恃才得意的状态。当时，也在现场的罗老师只是一如往常地有点憨地笑笑，除了为文学举旗理直气壮、趾高气扬，印象里，大多时候的罗老师很低调，包括对《太阳树》的关心。最近，他有些担忧地跟我说，希望《太阳树》能够坚守一片文学的天空。

　　和《太阳树》的亲密接触开始于 2020 年年初，也许疫情触发了我更多用文字来观照职工内心的意愿，加之 2019 年以来每周都给进入初中的大女儿写一篇寄语，所以我积累了一些文字。除了自己的朋友圈，《太阳树》几乎是我唯一的投稿阵地。有同事告诉我，她每篇必看。其中，一位需要帮助的同事从我文章中得到一些信息和帮助，便和我联系聊天谈心。间接知道有些年轻的同事从我的文章中有所得，于是我坚持写坚持投。2020 年 10 月的一天，王琴跟我说，琼姐，我们给你开个专栏吧。之后经过一些程序，"微文小语"就诞生了。名字是王琴征求我意见后起的，"文小"是我曾经的笔名，取自我名字的首尾偏旁，"微"很贴合我文章的篇幅与观察事物的角度，"语"本是个"搭头"，却又正好应了言为吾心的点——这个名字让我喜不自禁，当然也更增加了写好稿的责任感，保证每周至少一篇。由于工作性质和年龄经历的原因，我也常常不免担心自己的文章说教气息太浓。有时我也会陷于主题表达的思考中，偶尔夜不成寐，头发多掉一些，黑眼圈和皱纹又加重了些……但不论怎样，乐在其中。如今"微文小语"差不多一岁了，"我们分担寒潮、风雷、霹雳；我们共享雾霭、流岚、虹霓"。我定会让她在《太阳树》下，站成一棵树的样子。

　　在《太阳树》旁边，我或许只会是一棵感受阳光的小树，但必须是作为树的形象和《太阳树》在一起。不仅爱她伟岸的身躯，也爱她坚持的位置，足下的土地。

后　记

2020 年底，我开始谋划新年计划。我告诉身边人，我想要出书。我的大女儿 L 说："妈妈，你别这么励志好不好？"我说："有梦想并付诸实践是我谋求幸福的一种方式。"

2021 年 1 月 7 日，忙完年底的重要工作，我正式付诸行动。我先是了解出书的过程，向作家同学曾高飞请教，向图书出版界的朋友打听，也向公司有关部门咨询政策……在这过程当中，我着手进行书稿的构思、整理、撰写。然而，2021 年因其本身的不寻常，我的计划进行得没有那么顺利。3 月，我开始组织"巾帼心向党"系列活动，4—6 月工作重点是劳模宣传，7 月为党庆生……这当中疫情防控形势一度严峻，母亲的身体还被发现患了重症。我一次又一次地努力平衡着自己的工作与生活，落实好自己的每一个"岗位"职责，完成一项项工作任务。这期间，我几乎每天是凌晨 4 点多起床，中午一般最多眯几分钟，有朋友说，我走路是戴翅膀的……我抓紧一切时间来努力实现我的梦想。

虽然，书中不少文章已在媒体发表，但拾回记忆的过程是新书创作的经历。在这些经历中，我在成长，学会好好说话，努力换位思考……这些都使我有一种精神的愉悦感。希望能和大家分享我的愉悦。

　　书稿能够完成，要感谢太多人。李向楠帮我分担日常工作，让我安心利用一切空余时间去追梦；颜金玲和袁慕宇帮我整理了不少手稿。我还要感谢我文章里的主角们，比如，我的妈妈给我那么多的经历与感受；我的婆婆说，"支持你，为理想而奋斗是幸福的"给了我莫大的鼓励；我的先生或许至今还不清楚我具体要出怎样的书，他"简单粗暴"地给书下预订单，说"你的努力是对的。"而我的女儿们总是给我创作的动力、"说教"的欲望。除了书中写到的，我和大女儿 L 有很多交流。我的小女儿小 Q 也给我很多不一样的观察视角，我和她在日常生活当中的对话常常如这般：

　　Q：妈妈，给我找下笔！我要把我们家墙壁打扮得漂漂亮亮的！

　　我：宝贝，阳台上有你的画板吧？粉笔也在那。

　　Q：画板太小了！我要画海洋，还有鱼。妈妈，你看，这是鱼吐的粉色的泡泡。呃，还有这里，这里应该也添点粉色……

　　到更大的"画板"上去描绘我们的生活，这是我的初衷。

　　一并致谢关心、支持、鼓励我的所有的朋友。